Tant que le jour se lèvera

Faut que le jour se lève

Anaïs Ripoll

Tant que le jour se lèvera

Roman

Édition : BoD - Books on Demand,
12/14 rond-point des Champs-Élysées, 75008 Paris, France
Impression : BoD - Books on Demand, Norderstedt, Allemagne

ISBN : 9782322222629
Dépôt Légal : Mai 2020

Couverture : Image libre de droit

PARTIE I

L'effondrement

L

ORSQUE la crise nous sembla assez grave pour justifier notre fuite, Jules et moi décidâmes qu'il était temps de quitter la ville pour nous réfugier dans le chalet que nous avions acheté un an plus tôt dans les Pyrénées.

Quitter Toulouse, notre bel appartement typique de la Ville Rose, avec son mur en briques dans le salon, nos amis, notre travail, notre vie en somme, fut un déchirement et un soulagement à la fois. Nous n'étions plus en sécurité en ville. Je balayai du regard une dernière fois la grande pièce à vivre baignée de la lumière du sud : je dis adieu intérieurement aux toiles que j'avais peintes et qui ornaient les murs, aux meubles acquis à rude épreuve en salle des ventes. J'abandonnai silencieusement mon atelier et tout ce qui m'était familier. Jules me promit d'embarquer l'un des chevalets, des toiles vierges et des palettes : là où on allait, nous aurions du temps. Beaucoup de temps. Jules était pressant, chacun de ses gestes allait droit à l'essentiel : sans sentiment, il décidait ce qui était nécessaire à notre prochaine vie, ce qui rentrerait dans la voiture, de ce qui n'était pas utile.

Je sentis néanmoins qu'il souffrait lui aussi de l'abandon de notre vie matérialiste, lorsqu'il s'immobilisa devant son meuble à vinyles de style vintage : il abandonnait sa précieuse collection mélomane de jazz électronique, de musiques du monde auxquelles il m'avait initiée avec engouement. Une vie sans musique. Nous partions vers le silence à perpétuité.

Nous prîmes sous le bras tout ce que nous pouvions encore, et nous descendîmes rejoindre la voiture garée devant l'immeuble. Emmitouflés jusqu'au nez malgré la chaleur alarmante de ce début d'automne, notre masque antibactérien sur le visage, nous ouvrîmes la voiture blindée de sacs et nous prîmes la route, sans dire un mot.

C'est ainsi que nous nous sommes installés dans cette nouvelle vie d'où j'écris pour tuer le temps, une vie recluse, cachée, une vie de fuyards. Nous ne fuyons ni la police ni un quelconque ennemi. Nous fuyons la pandémie qui a, selon les derniers chiffres (qui se sont rapidement faits de plus en plus rares, comme s'ils étaient devenus obscènes), décimé une bonne partie de la population. En fait, nous n'avions plus accès aux informations depuis longtemps. La connexion internet ne fonctionnait plus que sporadiquement, et la plupart des sites étaient inaccessibles ou non actualisés depuis des semaines. Que se passait-il ? Que nous cachait-on ? La situation était-elle aussi grave qu'elle n'y paraissait ?

Nous comprîmes qu'elle l'était plusieurs mois avant, quand notre quartier populaire de Saint-Cyprien, la rive gauche bobo de Toulouse, commença à sérieusement se vider de toute fréquentation. Nous apprîmes que nos voisins d'en dessous étaient décédés chez eux, faute de place disponible dans les hôpitaux de Toulouse. On y mourrait même dans les salles d'attente et les couloirs. C'est ce que me rapporta la fille du deuxième étage, infirmière au centre hospitalier de Purpan, que je ne croisai jamais plus.

La quarantaine avait été décrétée beaucoup trop tard, c'est que ce que scandaient les uns et les autres. Déjà deux mois que ce virus était apparu en Asie et avait été ramené par bateaux en Europe. Les quelques premiers cas isolés en France n'avaient pas alerté au point de fermer nos frontières aux vols et navires en provenance du continent oriental, et maintenant, on en était là. Six mois après l'apparition du virus, la France était en quarantaine. Tous ses commerces étaient fermés. Plus personne dans les rues.

Nous vécûmes accrochés aux informations pendant des semaines, sans sortir de chez nous, suivant le bilan quotidien avec anxiété. Quand allions-nous atteindre le pic de l'épidémie, pour enfin amorcer la descente ? Aucune amélioration ne s'annonçait jamais. Un jour, alors que nous étions confinés à domicile depuis six longs mois, la télévision ne s'alluma plus. Ni chez nous, ni chez personne.
- Ça marche, chez vous ? Cria un jour Paul, le locataire d'en dessous, par la fenêtre.
- Non, ça a l'air d'être général, avait répondu Jules penché par-dessus le balcon.

Nous espérions une panne temporaire. Mais ça ne fonctionna jamais plus.

Nous avions la possibilité, presque la chance, de saisir ce silence au vol et décider de vivre gaiement dans le déni. Je dois avouer que le silence de la télévision fut une libération. On m'avait enlevé la responsabilité et l'angoisse permanente de me tenir informée, d'attendre, comme en 45, l'annonce officielle de la Libération. On m'avait enlevé l'information martelante, incomplète et en boucle, du nombre de morts répertoriés. J'étais libérée de ce bilan matinal morbide. J'avais le désir égoïste de ne plus rien savoir. Je fus saisie d'une envie de me jeter au dehors, de flâner sur les boulevards, d'entrer dans une boutique, acheter une robe parfaitement inutile, prendre un café en terrasse et rentrer embrasser Jules, qui m'aurait manqué durant tout ce temps séparés. Mais cette légèreté était impossible, toute forme de vie sociale et commerciale ayant été prohibée.

En ce début d'automne, la situation était devenue critique. La télévision ne fonctionnait plus depuis des mois, internet nous gratifiait d'une connexion tous les dix jours. Il fallait pourtant bien que l'on sache ce qu'il se passait. Les grandes fenêtres de notre salon donnaient sur l'un des derniers jardins historiques du quartier, et, au loin, sur quelques immeubles dont les volets ne s'ouvraient plus. De notre tour de guet, aucune information ne pouvait nous parvenir.

- On n'a plus le choix, je dois aller voir, décréta Jules.

Nous parlâmes encore longuement de la pertinence et la légitimité de cette sortie. Au vu du danger que cela représentait, nous dûmes débattre presque trois heures.

- Je dois aller aux nouvelles. Trouver quelqu'un qui sait quelque chose. Et de la nourriture, aussi. Les réserves diminuent.

- Tu sais que les magasins sont vides depuis longtemps, Jules. C'est une sortie vouée à l'échec.

- Faustine, il va falloir prendre une décision. Si la ville est inhabitable, nous allons devoir partir.

Je savais qu'il avait raison. Il fallait être fixé. Il s'habilla lourdement, avec précaution, enfila des gants de latex et positionna son masque chirurgical. Il ouvrit la porte et disparut hors de ma vue.

Je restai des heures prostrée, dans l'attente du moindre bruit dans les escaliers qui indiquerait son retour. Le temps me parut encore plus long que d'ordinaire, bien que la relativité de la perception du temps ait pris tout son sens depuis un semestre que j'étais cloîtrée à l'intérieur. Je ne pus rien faire d'autre que rester assise sur le beau tapis du salon, à me tortiller les mains. La nuit commençait à tomber. Je me saisis de l'ordinateur portable et tentai une énième connexion à internet. Le même message d'erreur m'agressait à chaque tentative.

J'avais fini par m'endormir sur le canapé. Tard dans la nuit, on frappa enfin à la porte. Après avoir vérifié que c'était Jules, je tournai le verrou. Nous connaissions les consignes et nous étions mis d'accord : pendant soixante-douze heures a minima, nous devions rester au moins à un mètre l'un de l'autre, le temps de l'incubation éventuelle. Jules avait pris un risque, je devais rester à une certaine distance de sécurité.

Je m'aperçus immédiatement qu'il était blême. Il me parut très faible. Je paniquai, le pressai d'entrer et de se débarrasser de son attirail. Il s'assit sur une chaise dans le salon et resta silencieux, fixant un point invisible sur la table. Je n'osai rompre le silence, comme si j'allais interrompre un deuil ou une méditation. Mais j'étais de plus en plus inquiète de son état second, et j'étais avide de nouvelles du monde extérieur.

- Alors...?

Il leva les yeux vers moi mais, comme si ma vision n'était pas soutenable, ou comme si la vérité n'était pas « entendable », il baissa à nouveau le menton et secoua la tête en soupirant de plus en plus fort. Il voulait me parler, mais n'y arrivait pas. Le pire me passa en tête, même si je ne savais pas exactement ce à quoi pouvait ressembler le pire. Enfin, il respira profondément et dit d'une voix tremblante :

- Demain on prend la route, on part au chalet.

Je compris qu'il n'était pas en mesure d'en dire davantage et respectai son malaise, ou sa pudeur, même si je lui en voulus intérieurement. J'avais besoin de savoir, j'étais en mesure d'entendre. Il dormit sur le canapé par précaution. Seule dans notre grand lit, je me retournai sans cesse et ne fermai pas l'œil de la nuit.

Le confinement avait été la dernière étape officielle, la dernière consigne donnée par le gouvernement, plusieurs mois après les premiers cas. Je me rappelle très bien que, lorsque l'on a entendu parler pour la première fois du virus, la plupart des gens, dont moi-même, étaient sceptiques. Nous étions agacés par ce début de psychose. Les hôpitaux victimes de vol de masques, les pharmacies en rupture de gel hydroalcoolique, me paraissaient une aberration et un tour facétieux de l'esprit de certaines personnes crédules. Je me disais que la bêtise humaine, que l'instinct de survie motivé par la peur, était sans limite. C'était comme faire une étude sociologique et découvrir un aspect de notre condition humaine à l'état brut. Comme de très nombreuses personnes, et surtout les jeunes, je ne me sentais pas concernée par tout ce remue-ménage, et continuais à sortir.

D'autant que je commençais enfin à me faire une petite notoriété locale et que la Galerie 31 vendait de mieux en mieux les toiles que j'avais déposées. Gina, la galeriste, m'avait appelée alors que j'étais en chemin vers l'Atelier. C'était une quadragénaire dynamique, aux cheveux teints presque en rouge, que le cliquetis des bijoux fantaisie qu'elle portait aux poignets et aux oreilles précédait toujours. Nous avions eu un coup de cœur amical et professionnel l'une pour l'autre, et elle soutenait mon travail bec et ongles.

- Faustine, tu ne devineras jamais ! Un collectionneur de Hong Kong adore ta série sur les portraits. Il doit venir en déplacement en France le mois prochain et va certainement passer à la galerie. Il souhaiterait rencontrer l'artiste qui a réalisé ces « portraits d'une expressivité et d'une intensité de fauve » !

Je poussai un cri de joie en pleine rue, raccrochai pour appeler immédiatement Jules et lui annoncer la bonne nouvelle. Un début de carrière à l'internationale, voilà ce qu'il me manquait, voilà la prochaine étape à franchir ! C'était une nouvelle folle.

J'avais déjà fait un vernissage de mes toiles à Paris trois mois plus tôt, grâce à ma meilleure amie Victoria qui était avocate dans la capitale. Elle avait un réseau important et m'avait mise en relation avec la Galerie Perreau, l'une des plus importantes à Saint-Germain-des-Prés. Georges Perreau avait adoré mon travail et le vernissage avait été un franc succès.

J'avais trente ans, j'avais fait des études d'histoire de l'art à l'École du Louvre puis les Beaux-Arts à Paris. C'était « nos années folles », comme on aimait se les rappeler avec

Vic.

- Tu es mon étoile chérie ! Ton nom sera dans les livres à côté des Van Gogh et Picasso ! Je n'ai jamais cessé de croire en toi ! Si tu as le moindre litige au sujet de tes droits d'auteur, tu peux compter sur moi pour traîner tes adversaires en justice !

Elle m'avait serré l'épaule jusqu'à me la comprimer, folle d'excitation au milieu de la foule huppée du vernissage. Elle entrechoqua nos flûtes de champagne avant de m'entraîner vers une énième connaissance à me présenter.

Je souris en repensant à son enthousiasme, tout en me dirigeant vers l'Atelier. C'était un vaste duplex lumineux dans une ancienne toulousaine, dont je louais la superficie conjointement avec trois autres artistes. Nous partagions une certaine émulation, faisions souvent des pauses pour se montrer notre travail et échanger nos conseils techniques ou nos visions personnelles de l'œuvre. Parmi mes compagnons de travail, il y avait Gala, une Catalane qui me fascinait avec son travail de la glaise. J'aimais la rejoindre dans son espace de l'atelier où elle travaillait la terre cuite, son tablier et ses bras souillés de couleurs m'étaient familiers, j'aimais l'odeur de la céramique. Je fixais longuement ses longs doigts fins qui modelaient des formes, donnaient vie à la matière, en faisaient émerger l'essence. Elle me parlait souvent de la Catalogne, ses plages, sa famille.

Un jour que nous comparions nos portraits, les siens sculptés, les miens peints, et que nous réfléchissions au rendu plus fidèle de la carnation et comment rendre l'illusion du volume, mon téléphone sonna. C'était Gina, ma galeriste.

- Faust, c'est la cata, il y a des rumeurs de fermeture de tous les lieux publics non essentiels, à cause de ce fichu virus !

- Ah ? Mais tu crois que tu pourras toujours recevoir le collectionneur de Hong Kong même si la galerie ferme ?

- Oui bien sûr, nous maintiendrons le rendez-vous. Quelle plaie je te jure, on prend des mesures vraiment trop restrictives. Dès que je connais la date, je te préviens !

Très vite, la rumeur se confirma et le gouvernement annonça la fermeture des écoles, collèges, lycées, universités, bars, restaurants, musées et bibliothèques. Gala et moi trouvâmes l'entrée close du Musée des Augustins, alors que nous voulions visiter le département des sculptures ensemble. Je rentrai chez moi dépitée, un sentiment inédit d'angoisse depuis le début de cette épidémie. Les lieux culturels étaient évidemment considérés comme non essentiels. Comme dans un État totalitaire où la réflexion, la liberté de pensée et l'imagination n'étaient plus permises, je vécus cette fermeture comme un message personnel. *Ce que je fais ne sert à rien.* Cette phrase me mina le moral. Jules s'aperçut de ma mine défaite et me força à en parler. L'écouter me fit du bien, comme toujours, et je relativisai à nouveau.

- Tu peux continuer à peindre ici, conclut-il, dans ton atelier à la maison, même s'il est plus petit. Tes œuvres seront exposées quand tout ça sera fini. Ne t'inquiète pas. Moi par contre, je suis en télétravail à partir de demain, maugréa Jules.

Jules était designer industriel, il travaillait dans une boîte qui concevait des éclairages écologiques. Il dessinait des luminaires intelligents, la lumière du monde de demain. Il alliait la créativité à l'ingéniosité, l'esthétique épurée de la forme, à l'utilité technique et pratique. Il aimait beaucoup son travail et ses collègues. Nous nous étions rencontrés au vernissage d'un designer à Paris, alors que j'étais étudiante aux Beaux-Arts. Jules était étudiant à Bordeaux, d'où il est originaire. C'était un ami de Victoria qui l'avait ramené à ce vernissage, à l'initiative de ma meilleure amie.

- J'ai un ami d'ami à te présenter, crois-moi, ça va matcher !

J'avais roulé les yeux au ciel, pas convaincue du tout par ce mode de rencontre par l'entremise d'une marieuse du dimanche. Mais dès que j'avais vu Jules avancer vers nous, j'étais devenue muette, aussi bête et inutile qu'un manche à balai. Victoria m'avait asséné quelques coups dans les côtes visant à réveiller ma repartie. Jules avait ri en découvrant le coup monté de cette rencontre.

- Elle peut être beaucoup plus intelligente qu'elle n'y paraît, assura Victoria en se forçant à rire, alors que je la maudissais intérieurement.

Jules avait gardé les mains dans ses poches durant la visite de l'exposition, traînant un peu les pieds, y mettant peu du sien pour alimenter les messes basses de Victoria et son ami. Tous deux observaient notre timide manège sans aucune discrétion.

D'un coup, il avait pilé devant un fauteuil design et m'avait regardée droit dans les yeux :

- J'étouffe ici, viens on va boire un verre.

Il avait pris ma main et, décontenancée, j'avais haussé les épaules en direction de Victoria pour lui indiquer que je m'échappais. Elle avait levé le pouce en un geste glorieux.

Quelques jours seulement après l'annonce de la fermeture de ces lieux publics et loisirs non essentiels, les mesures de sécurité montèrent d'un cran. Cette fois, c'était le confinement général qui était ordonné. Nous ne pouvions plus quitter notre domicile, sauf pour faire nos courses alimentaires ou aller à la pharmacie.

Cet évènement signa la prise de conscience générale. Le gouvernement assurait qu'au bout de quarante-cinq jours de confinement, si chacun respectait les consignes et restait parfaitement isolé, nous viendrions à bout de la dissémination du virus. La vie pourrait reprendre son cours normal.

Gina m'annonça que les vols en provenance d'Asie n'étaient plus admis sur le territoire Français. Notre collectionneur ne pourrait plus venir de Hong Kong. Je mis plusieurs jours à digérer la nouvelle. J'essayais de penser à tous ces travailleurs indépendants, à ces petites entreprises qui allaient souffrir lourdement des conséquences économiques et financières de la crise. Je relativisai à nouveau. Je n'étais pas la plus à plaindre. Ou du moins, je partageais cette même angoisse économique avec des millions de gens.

Je ne pus plus mettre un pied à l'Atelier. Gala me téléphona pour me dire au revoir : elle partait en confinement dans sa famille en Catalogne, une région très durement touchée par le virus. Elle ne voulait pas rester seule chez elle ici en France. Je lui souhaitai bon courage et lui demandai de revenir vite, pour que nos échanges passionnants puissent reprendre. Ils m'aidaient dans mon processus de création, me stimulaient. Elle me promit de revenir dès la fin de la crise.

De très longues journées commencèrent dans notre appartement toulousain. Les premiers jours, Jules put continuer à travailler à distance. Il était souvent en conférence téléphonique et dessinait sur son logiciel informatique. Pour ma part, je vécus initialement l'expérience comme une chance d'accorder enfin un peu de temps à ma vie domestique. Je fis un grand ménage de fond en comble, vidai les placards de la cuisine pour tout remettre en place, jetai ce qui était périmé, frottai l'intégralité de l'appartement, lavai le sol et les vitres. Je triai du linge, rangeai notre trousse de médicaments méthodiquement. Je me disais : quand tout reprendra, on sera prêts. Je m'endormais avec la satisfaction du travail bien fait et d'une journée productive.
Dans un second temps, je mis de l'ordre dans mon atelier, fit l'inventaire du matériel à ma disposition, couleurs, colle de peau de poisson, résine, huiles, pinceaux de tailles différentes, toiles vierges, carnets de dessin. J'avais largement de quoi tenir un siège et créer durant plusieurs

mois. Ce constat m'enthousiasma.

Enfin, je sortis mes paperasses, et me contraignis de faire ce que j'avais repoussé le plus longtemps possible : des papiers en attente, des formalités administratives. Je jetai d'anciens papiers inutiles et classai soigneusement ceux que j'avais traités.

Mais rapidement, mon énergie diminua, faute de nouvelles activités productives. Je commençai à tourner en rond, incapable de fixer ma concentration sur mon travail. Ma palette et ma toile restaient vierges. Je soupirais, m'étirais, traînais en pantoufles. Je grignotais des biscuits en cachette de Jules, qui m'exhortait à ne pas gaspiller nos réserves. Je barrais chaque nouvelle journée passée sur un calendrier cartonné. Le confinement devrait prendre fin dans moins d'un mois.

- Faustine, tu veux pas arrêter de tourner en rond comme un lion en cage ? Ça m'empêche vraiment de me concentrer. S'il te plaît, trouve-toi une occupation. Tu ne veux pas faire un peu d'exercice ? On a un tapis de gym sous le lit.

Je pris très mal cette remarque qui visait à me tenir tranquille comme une enfant. Comme je m'ennuyais mais que je n'avais aucune envie d'étirer mes jambes ou m'imposer des douleurs abdominales, je passais beaucoup de temps au téléphone avec mes copines. Je fis le tour de mon répertoire, pris des nouvelles d'anciennes collègues de mes années étudiantes, et raccrochai, ravie de cette vie sociale par ondes satellitaires.

Victoria, notamment, désespérait et me harcelait d'appels pour tuer le temps. Elle qui vivait toujours une vie trépidante dans la capitale, qui n'était véritablement jamais chez elle un soir par semaine, vivait la situation comme une punition insupportable. La juriste passionnée qu'elle était ne tarissait pas d'expressions dramatiques : « C'est une peine de prison avec sursis ! » Elle me racontait que Paris, par sa fenêtre, était terrifiant. Elle retrouvait cette même sensation de peur sur la ville qui avait suivi les attentats terroristes du Bataclan. Seuls les gyrophares des ambulances perçaient le silence de plomb. Les voitures de police balisaient les arrondissements, et sommaient les promeneurs imprudents, via mégaphone, de rentrer immédiatement chez eux.

- Je n'en pouvais plus, Faust, j'allais péter un plomb. J'ai voulu sortir de chez moi pour récupérer un dossier au cab', mais je me suis pris une amende par la police municipale. Je te jure qu'ils m'ont entendu ! Ils ne sont pas près de m'oublier. Bref, il faut que tout ce cirque s'arrête au plus vite, je ne peux pas survivre sans vie sociale. Toutes les associations dans lesquelles je milite sont à l'arrêt, Accusés Sans Défense, Enfants du Yémen et Monde sans Glyphosate. Faust, franchement, certains combats sont bien plus graves que ce virus et surtout beaucoup plus « long-termistes ». Nous ne devons pas oublier que le virus et ses quelques milliers de morts ne sont rien à côté de la menace du dérèglement climatique, qui lui nous concerne tous.

- Vic, sois raisonnable et calme-toi. Ces combats légitimes ne sont pas oubliés, ils sont temporairement suspendus le temps de contenir la crise sanitaire. Pourquoi tu n'entamerais pas cette longue liste de livres et de films en retard ? J'ai des tas de romans à te recommander, tu vas enfin t'accorder du temps à toi et toi seule. Chouchoute-toi, prends des bains, bouquine, sirote un verre de blanc en te faisant les ongles.

Je faisais des recommandations pour garder le moral, mais je n'avais aucune envie de mettre en application ces suggestions. Je me laissais totalement aller, m'enfonçant un peu plus dans l'ennui.

Au bout de quelque temps, Jules fut mis au chômage technique, faute de clients. Il le vécut très mal. Il s'enferma dans un silence boudeur pendant plusieurs jours. Je ne pus rien dire ni faire pour lui remonter le moral. Il gardait la mâchoire serrée et l'air grave, traînait ses savates dans l'appartement. Bientôt, il ne sortit plus du lit. Il jouait des heures aux jeux vidéo, alors que je l'avais rarement vu se consacrer à cette activité. Le casque sur les oreilles, il devint rapidement un colocataire fantôme. Tant que la connexion internet le permettait, il jouait à des jeux de guerre d'une violence inouïe, en ligne avec ses copains de Bordeaux. Je voyais sa nervosité monter au fil des heures passées devant l'écran. Mes journées solitaires étaient ponctuées de ses cris : « Bute-le ! » « Fais gaffe derrière ! » « On va le cueillir. » « Allô les gars, plus de munitions, envoyez-moi du renfort ! » Je le regardais, ahurie, lui d'une nature si calme et pacifique. Je m'étais déjà demandé comment il réagirait si on m'agressait dans la rue. Une fois je lui avais demandé s'il s'était déjà battu, il m'avait répondu : « La violence ne résout rien, si on t'agresse, j'essaierai de raisonner le type. » J'avais éclaté de rire. Et voilà mon drapeau blanc transformé en tueur à gages sans scrupule, qui, au bout de sa manette, manipulait le fusil à pompe et la kalachnikov comme personne.

Je le sentais bouger la nuit, se réveiller plusieurs fois. Je me demandais quel plaisir il y avait à simuler des jeux de combat, d'armes et de mort. Peut-être ce simulacre avait une fin de catharsis. « Nous sommes en guerre », avait dit le Président de la République. Et pourtant, nous étions là, impuissants, sur notre canapé. Peu de temps après cette phase d'absorption inquiétante dans les jeux vidéo, Jules dut cependant cesser de jouer en ligne avec ses amis, la connexion étant de plus en plus irrégulière. Il fit des crises de colère inédites, lui qui était capable en temps normal d'une grande maîtrise. Il jurait contre les caprices d'internet, lançait sa manette, fermait son ordinateur exaspéré. Cet aspect-là de lui me déplut et m'inquiéta. Je n'osai jamais le lui reprocher, de peur d'accentuer sa colère. Nous ne pouvions pas nous payer le luxe d'une dispute, nous devions prendre sur nous. J'étais cependant soulagée qu'il renonce à ses jeux violents.

Quant à moi, l'inspiration m'avait quittée, je ne peignais pas. Je tentai plusieurs fois d'appeler Gala en facetime pour parler d'art avec elle, savoir si en Catalogne, elle parvenait à sculpter. Mais elle ne répondit jamais à mes appels.

Je vivais suspendue aux informations, qui, à part des chiffres évocateurs et toujours plus gros, n'annonçaient aucune amélioration. Parfois, Jules grommelait à mon attention :
- Arrête de regarder les infos Faustine, tu nourris ton angoisse.
Je haussais les épaules et éteignais la télévision, mais une forme de fascination obsessionnelle me poussait à la rallumer plusieurs fois par jour.
- J'attends qu'ils annoncent la fin du couvre-feu, dis-je.
- Tu le sauras bien assez tôt. On entendra à nouveau des bruits dans la rue. Même ces fichus klaxons me manquent. On n'a plus que le boucan anxiogène des ambulances.
Jules était de plus en plus bougon, mais je ne pouvais le lui reprocher. Je le regardais tendrement, soulagée que l'on soit confinés ensemble.

J'appelais souvent ma sœur Sandra, qui vivait avec son mari, Pierre, à Lyon. Nous étions originaires du Rhône. Nos parents y habitaient toujours.
Sandra était au chômage technique, la médiathèque dans laquelle elle était documentaliste ayant fermé. Les fameux loisirs non essentiels à la survie de notre espèce, pensai-je. Pierre, ingénieur informaticien, jouissait pour le moment du télétravail.
- Salut Faust, tu tiens le coup ? Tu restes bien à l'intérieur au moins ?
Sandra était ma sœur aînée, et même trentenaire, elle veillait toujours sur moi avec inquiétude.

- Oui, t'inquiète, pas le choix. Et toi, quelles sont les nouvelles ?
- Ce n'est pas facile. Ta nièce adorée nous épuise. On n'a plus l'habitude de la garder tous les jours !
J'éclatai de rire. C'est vrai que notre petite Clara, du haut de ses huit ans, était un sacré numéro. Extrêmement vive et intelligente, elle était pleine d'une énergie qui ne demandait qu'à s'exprimer. Le confinement n'était pas de tout repos pour ses parents. Dans l'appartement, la petite tournait vite en rond, malgré son imagination et sa capacité à s'inventer des jeux. Je demandai souvent à ce qu'on me la passe en facetime : mon adorable nièce me faisait mourir de rire, par la vivacité de ses réactions et l'emploi de certaines expressions.
- Qu'est-ce que tu fais de beau ma chérie ?
- Je fais comme toi Tata, je peins !
Elle me montra un adorable gribouillage, et il y en avait certainement plus sur ses mains que sur la feuille de papier. À l'arrière-plan, je vis ma sœur lever les yeux au ciel en souriant.
- C'est très joli, dis-je. Mais je ne comprends pas bien ce que ça représente ?
Clara s'offusqua et répliqua, très sérieuse :
- Mais enfin Tata, c'est de l'abstrait !
J'éclatai de rire.
- Tata t'aime à la folie.
- Bisous Tata, à bientôt !

Une nouvelle information perça enfin dans les médias. Mais c'était une information terrifiante. Voilà que depuis plusieurs mois les scientifiques cherchaient à contenir la propagation du virus et, en même temps, d'en définir la nature exacte afin de trouver un antidote. Or, il apparut bien trop tard un nouveau paramètre déterminant dans la vie et la diffusion du virus : les enfants seraient des porteurs sains potentiels. Je lus et relus l'article dix fois, terrifiée, allumai la télévision pour vérifier : oui, cette information tournait désormais en boucle. Nouveau rebondissement dans la lutte contre le virus : les adultes sont confinés depuis plusieurs jours avec des enfants potentiellement porteurs de mort !

J'encaissai très mal la nouvelle, dévastée d'inquiétude pour ma sœur et mon beau-frère, et même mes parents qui avaient beaucoup gardé Clara. Combien de temps pouvait durer l'incubation avant l'apparition des premiers symptômes ? Environ quinze jours, mais ce n'était pas une donnée certaine. Depuis combien de temps ma famille gardait-elle Clara enfermée avec elle ? Mes parents avaient la soixantaine, n'avaient pas d'antécédent médical mais étaient quand même à risque au vu de leur âge. De plus, ma mère était institutrice, c'était sa dernière année avant la retraite. Or, le corps enseignant avait été mobilisé afin d'assurer une permanence du service public. Ils devaient notamment assurer une solidarité de garde des enfants des professions médicales réquisitionnées dans les hôpitaux. Ma mère était donc en contact avec certains élèves, qui plus est des enfants de médecins directement exposés au virus. Je ne pus définitivement plus rien faire d'autre qu'angoisser.

J'étais si inquiète que je ne pouvais rien faire d'autre que tourner en rond dans l'appartement et parfois, subitement, fondre en larmes. Jules abandonna son casque et ses jeux vidéo et vint me prendre doucement par les épaules :

- Calme-toi, ça va aller.

Il m'attira tendrement contre lui et je restai là longtemps à sangloter, le cœur battant au rythme de scénarios terribles.

- Tu sais ce qu'on va faire de tout ce temps libre ? Dit Jules. Il faut que l'on se ressaisisse, il faut qu'on s'occupe intelligemment et de manière constructive. Ça fait longtemps que l'on veut préparer la pièce qui nous sert de débarras, en faire quelque chose. J'avais acheté un gros pot de peinture, mais on a toujours repoussé le moment de peindre. Qu'est-ce que tu en penses ?

Nous avions emménagé ensemble ici à Toulouse quelques mois seulement auparavant, et, pris par nos emplois du temps professionnels respectifs, n'avions pas fini de nous installer. Jules se mit à investir le plus clair de son temps à l'amélioration de notre nid d'amour. Il se sentit utile, valorisé, et redevint plus doux et attentionné envers moi. Il peignait sans relâche cette grande pièce, je l'aidai à installer le scotch de protection dans tous les angles. Il se mit enfin à monter le grand dressing que nous avions acheté et qui attendait dans son emballage cartonné. Je plaçai et rangeai longuement nos affaires d'été à l'intérieur. Un jour les beaux jours reviendraient, un jour nous mettrions à nouveau shorts, jupes et maillots de bain, et nous irions passer nos dimanches aux points d'eau à côté de Toulouse. Je me mis à déballer les dernières affaires superflues qui étaient restées dans nos cartons, et jouai à la décoratrice d'intérieur. Je déplaçai les meubles dans le salon et changeai de place cent fois ce qui était disposé dessus. Je réfléchissais, comme si c'était une question de vie ou de mort, à l'emplacement idéal des encadrements, de mes toiles, et des céramiques que Gala m'avait offertes.

Cette période active nous fut bénéfique pour le moral et pour notre couple. Nous avions l'impression de consacrer notre temps utilement à préparer au mieux notre cocon, en vue du retour à la normale. Nous nous embrassions à chaque fois que nous nous croisions dans l'appartement et nous recommençâmes à faire souvent l'amour. C'était des moments d'insouciance délicieuse, où le temps se suspendait, dans notre bulle. On oubliait tout, le temps de nos caresses. Requinqués par ces efforts agréables, nous recommencions à peindre la future chambre d'ami. Jules mettait de la musique sur sa platine à vinyle pour rythmer notre travail. Il me faisait souvent m'interrompre pour me faire tendre l'oreille et me faire découvrir un trompettiste de génie, ou un son électronique sur fond de piano d'un compositeur avant-gardiste.

Nous vécûmes ainsi quelques jours d'insouciance en harmonie. Être confinés ensemble n'était plus une période creuse, une parenthèse longue et pénible qu'il fallait vite clore, mais du temps béni à partager ensemble.

J'avais souvent ma sœur par texto, pour me rassurer. Mais un matin, mon téléphone ne fonctionna plus. Ni les messages textes, ni les appels. Inquiète, je l'éteignis, le rallumai. J'essayai également du téléphone de Jules : le sien était également hors service. Je cherchai une information utile sur internet, mais ne trouvai rien à ce sujet. La plupart des articles dataient de plusieurs jours. Je recommençai à me ronger les ongles. J'envoyai un mail à ma mère et ma sœur, les priant de me confirmer que tout allait bien de leur côté.

Je reçus bientôt un mail de Victoria :

« Faust ! Je fais un essai. S'il te plaît, dis-moi que tu me reçois. C'est ma dixième tentative d'envoi de mail. »

Mon cœur s'emballa. Les mails ne passaient donc pas systématiquement ? Victoria non plus n'avait plus de téléphone ? Je répondis aussitôt très brièvement en ce sens. Sa réponse ne tarda pas à arriver :

« Je vais décéder, plus de vie sociale à l'extérieur et maintenant plus de téléphone ! S'il te plaît, écris-moi de longs mails. Ici à Paris, la situation est apocalyptique. Les vitrines sont vandalisées, les magasins ne sont plus approvisionnés. Les militaires sont partout. L'ambiance est terrifiante. De ma fenêtre, je vois des cadavres sortir de chez eux sur des civières. Faust, putain, j'ai peur ! As-tu vu les récentes nouvelles concernant les enfants qui seraient porteurs sains ? Excuse ma philosophie de comptoir, mais je trouve ça extrêmement fort symboliquement. C'est comme si c'était nous, les adultes, qui devions être tenus responsables du monde pourri que nous leur laissons. Eux n'y sont pour

rien. Ils vont devoir relever la société alors que nous l'avons effondrée, et surtout pas sur le modèle que nous leur laissons. J'ai l'impression de lire un mauvais Stephen King. Tous ces enfants avec leur visage angélique, qui apportent la mort à ceux qui leur ont donné la vie ! »

Je restai paralysée. Pourquoi Victoria me confiait-elle ses angoisses au sujet des enfants ? J'avais enfin réussi à me mettre en tête que ma famille allait bien, que Clara était saine. Pourtant, j'avais beau réactualiser mes mails, toujours aucune réponse de ma mère ni de ma sœur.

Je recommençai à gamberger. Je me réveillai en panique en pleine nuit, haletante, tâtant mon pouls ou prenant ma température du dos de ma main sur mon front. Jules me calmait et m'incitait à me recoucher, me serrant contre la chaleur de son corps. La journée, je guettais mes mails, hurlais contre la connexion capricieuse, pleurais plusieurs heures prostrée sur le canapé en boule, ne faisais plus rien de constructif. Jules était très inquiet. Il ne pouvait que me proposer de boire des infusions ou de partager de longues discussions durant lesquelles il me rassurait, de son calme rationnel à toute épreuve. Pourtant, un jour, n'y tenant plus, je décrétai :

- Il faut qu'on aille voir sur place à Lyon !
- On ne peut pas Faustine. Tout déplacement est strictement interdit.
- J'irai quand même. Prête-moi ta voiture, s'il te plaît.
- Faustine, au-delà de la lourde amende que tu risques de prendre, des risques sanitaires insensés que sortir représente, je suis vraiment désolé mais c'est impossible. Il nous reste très peu d'essence, pas assez pour rouler plusieurs centaines de kilomètres. Et les stations-service ont toutes été abandonnées.

À cette annonce, mes yeux se remplirent de larmes, ma gorge se noua, et je partis dans une crise de panique.

Je fus dans un tel état de stress que je tombai réellement malade. Je restais plusieurs jours allongée sur le canapé, tremblante de fièvre et assommée de maux de tête. Aucun des symptômes liés au virus ne se déclara cependant. Je m'étais mise dans cet état toute seule, la puissance du psychique m'avait anéantie. Ce furent plusieurs jours nébuleux, j'avais du mal à boire ce que Jules me tenait au bord des lèvres, et je sombrais à nouveau plusieurs heures dans une autre dimension tout aussi agitée. Dans mon délire, je murmurai le nom de mes proches, Clara, Maman, Sandra... Parfois j'ouvrais les yeux, et j'apercevais Jules penché au-dessus de moi, inquiet, le thermomètre à la main. Je le sentais vaguement me masser entre les yeux ou sur mes tempes pour soulager ma migraine.

Je sortis progressivement de cet état de néant. Je retrouvais des forces physiques, mais mes pensées me replongeaient systématiquement dans un monde confus et agité. Je faisais des cauchemars, mangeais peu.

Un jour que j'allais un peu mieux mais que je restais prostrée en position fœtale, Jules vint me secouer :

- Il faut qu'on se reprenne Faustine. S'il te plaît, dis-moi que tu vas te ressaisir. Tu ne t'imagines pas à quel point c'est dur pour moi de garder le moral auprès de quelqu'un qui est au fond du gouffre. Ça me demande une force mentale immense, et elle commence à se tarir. Allez, sois forte mon cœur. Regarde le calendrier, on est bientôt au bout de la quarantaine. Tu vois ? Dans quelques jours tu retourneras à la galerie voir Gina, et on pourra prendre le train jusqu'à Lyon pour rendre visite à ta famille. Je suis sûr que si tout le monde a respecté les consignes de confinement, le virus a arrêté de se propager.

Ces derniers mots me firent esquisser un sourire. Gina, le train, ma famille...

Je décidai de me reprendre en main, l'espoir revenait.

Jules avait raison, nous étions bientôt au bout de la quarantaine. Déjà six mois que l'épidémie avait commencé et que l'isolement nous avait gagnés. Le virus était probablement en train de s'endiguer. Je fis une rapide recherche sur internet un jour où la connexion était coopérative. Je m'informai sur l'épidémie de peste : elle avait décimé des millions de gens. Nous étions très certainement loin de ces statistiques épouvantables. Également, il y a presque exactement un siècle, la grippe espagnole avait rayé de la surface de la Terre un tiers de la population occidentale, faisant plus de victimes que la Première Guerre Mondiale. Donc, il fallait relativiser. Ces épidémies avaient, malgré leur fulgurance et leur violence, bien fini par être contenues et éradiquées. J'étais certaine qu'au vingt et unième siècle, ce virus serait bien mieux et plus vite maîtrisé.

L'épidémie avait commencé au cœur de l'hiver. Les journées avaient été longues et déprimantes. Mais, contre toute attente, ce fut pire lorsque les beaux jours arrivèrent : la sensation d'enfermement, de privation, fut encore plus persistante. Nous n'avions qu'une envie : sortir nous défouler, respirer au grand air. Jules était terriblement en manque de sport. Lui qui adorait les sports de glisse, avait rangé son skateboard dans une armoire. Il attendait avec impatience la fin du confinement pour profiter des points d'eau autour de Toulouse pour y faire du wakeboard, discipline dans laquelle il excellait. Il se contentait de parfaire sa technique virtuellement devant des vidéos de professionnels, et je sentais la frustration silencieuse.

Il passait beaucoup de temps enfermé dans sa bulle, à écouter de la musique et regarder la platine tourner. Je voyais sa tête bouger au fil du rythme et des notes qui défilaient. J'étais parfois jalouse de cette activité qui l'accaparait à part entière, qui m'excluait. Je n'arrivais pas à faire de même, à me trouver une occupation qui absorberait toute ma concentration. J'attirai alors son attention en étant désagréable, ou en lui faisant des reproches injustifiés sur son manque de coopération sur les tâches ménagères. Je m'énervai toute seule puis revenais, penaude, m'excuser. J'essayais alors d'entrer dans sa bulle et il m'y laissait toujours entrer. Il me fit découvrir des ovnis de la musique, et des sons qui nous firent voyager par procuration. Nous partîmes ainsi au Brésil, à Cuba, parfois nous nous amusions à esquisser quelques pas maladroits de danse latine. Jules s'amusait à faire semblant de mettre une rose entre ses dents et de danser sensuellement en bougeant les épaules, ce qui me faisait pleurer de rire. Sur de la musique plus classique, il se mettait en position de danseuse étoile et mimait des pas d'une raideur, d'une mécanique sans aucune grâce qui me faisaient rire à gorge déployée. Puis il redevenait sombre et écoutait des musiques très belles, portées par le piano, mais que je trouvais très tristes.

Pour conjurer l'enfermement et la nostalgie, j'ouvrais les fenêtres et passais de longues heures à respirer l'air printanier et écouter les oiseaux. Je cherchais vainement à surprendre un voisin dans l'un des immeubles, quelqu'un à son balcon à qui j'aurais pu faire de grands signes de la main, avec qui échanger des banalités. Les premiers soirs du confinement, les gens se saluaient, bavardaient, et applaudissaient le corps médical à l'unisson, chacun depuis son balcon. Il y avait un parfum de Coupe du Monde, de solidarité, de communauté, qui m'avait beaucoup plu. Mais les semaines et les mois passant, jamais personne n'apparut plus.

Avec l'arrivée du printemps, je me repris en charge, accordai plus de temps à des choses futiles pour préparer ma sortie : j'épilai soigneusement mes sourcils broussailleux, livrés à l'anarchie de la repousse sauvage. À la lumière de la fenêtre, munie d'un miroir grossissant, je fis le tour d'horizon de ce que ces six mois de laisser-aller avaient laissé : des points noirs, des rougeurs, des poils disgracieux. Je limai et peignis mes ongles comme avant un entretien d'embauche. Je décidai de soigner ma peau en appliquant des masques naturels « maison » : jus de citron, miel, blanc d'œuf, tous les secrets de beauté y passèrent. J'étalai un jour de la pomme chaude cuite et Jules me fit remarquer que j'étais belle comme une tarte Tatin, ce qui nous fit rire un bon moment.

Par contre, je renonçai à m'épiler à la cire les zones les plus intimes : j'avais déjà eu une fois un poil incarné qui s'était infecté et avait nécessité une prise d'antibiotiques. Il ne fallait prendre aucun risque inutile. Le moindre bobo, la moindre blessure bénigne pouvait prendre des proportions alarmantes si je ne disposais pas de quoi la soigner. J'utilisai un rasoir jetable, ce qui me sembla moins risqué. Je ne mis plus que du mascara sur mes cils, et non plus du crayon noir sous mes yeux. J'avais eu plusieurs fois des orgelets, et un jour l'un d'eux avait tourné à l'abcès.

Concernant mes cheveux, je les avais fait couper très court, en carré légèrement plongeant sous les oreilles, peu avant le confinement. Pour l'instant, leur repousse n'engendrait pas de problème majeur. J'avais encore du shampoing et réussissais à conserver mes cheveux propres. Jules apprécia fortement ces efforts esthétiques et hygiéniques, bien qu'il ne m'eût jamais fait le moindre reproche. Il me regarda comme s'il me redécouvrait et me complimenta avec tendresse. J'étais ravie et roucoulais bêtement. Je ne pus que constater le cercle vertueux de ces bienfaits : le moral revenait, je me sentais propre, relativement belle, et prête à faire mon retour dans le monde.

Je complétais le tout en entretenant ma forme physique : l'été était arrivé par surprise comme un traître, et il allait bientôt falloir affronter l'épreuve du maillot de bain. J'avais toujours été de nature svelte et n'avais jamais perdu mon ventre plat. Mais là, je me sentais avachie, ramollie, et ne me supportais plus. Je n'osais pas quitter mon pantalon de gym et enfiler un jean de peur de constater qu'il resterait coincé au niveau des genoux. Je pris donc le fameux tapis de gym que Jules m'avait suggéré, et tous les matins, je faisais une heure de gymnastique, pilates et yoga. Je m'aidais parfois de vidéos quand la connexion fonctionnait, mais la plupart du temps, je travaillais de mémoire ce que j'avais pratiqué dans les cours où j'avais été inscrite. Je sentis des courbatures oubliées me tirailler les fesses et les cuisses. Un après-midi, je voulus sortir du canapé mais faillis m'écrouler sous les lancements musculaires qui électrisaient mon postérieur. Jules éclata de rire.

Je persistais dans ma nouvelle hygiène de vie et en tirais un bénéfice moral fou. Je me réconciliais avec mon corps et ses douleurs parfois perfides, découvrais de nouveaux muscles et gagnais en souplesse à vue d'œil. Je me sentis vite accro à ces nouvelles sensations de bien-être et me fustigeais, me demandant comment j'avais pu m'en passer si longtemps. Enfin, je m'imposais une rigueur quotidienne en pratiquant une séance de méditation à laquelle se joignait toujours Jules. Un jour, il me dit qu'il avait ressenti des ondes extrêmement puissantes et que méditer ensemble lui apportait une expérience nouvelle très positive. Je gagnais en sérénité et, combiné avec l'absence d'informations sur la situation (la télévision ne marchait plus), je me sentis de mieux en mieux et prête à regagner le monde extérieur.

Cependant, je ne peignais toujours pas. Je pensais à Gina qui allait me sauter dans les bras et me demander de lui montrer le travail que cette quarantaine m'aurait inspiré. Quand je lui dirais que je n'avais rien pu faire, pas même un croquis, elle serait certainement fâchée. Je me sentis aussi coupable que lorsqu'à l'école primaire, j'avais déçu un instituteur parce que je n'avais pas fini première à son interrogation. Mais, depuis que *les lieux de loisirs non essentiels à la survie* avaient été les premiers à fermer, je n'avais pas réussi à me réconcilier avec l'art. Je m'interdisais la légèreté d'assembler des couleurs sur une palette et, en toute impunité, faire quelque chose d'aussi vide de sens que les coucher sur la toile. Je la regardais parfois avec amertume. Si seulement j'avais pu me rendre utile. Je pensais à tous ces élans de solidarité exceptionnels qui m'avaient confortée en l'espèce humaine : ces amateurs qui avaient cousu des masques pour les offrir au personnel de la santé, ces restaurants qui avaient distribué leurs réserves qui allaient se gaspiller. Et moi, avec mon pinceau, comment aurais-je pu m'impliquer à mon échelle ?

- Le virement automatique du paiement du loyer a été rejeté, s'étonna un jour Jules qui était assis devant son ordinateur.
Je le rejoignis et constatai l'échec.
- Pourtant, on a encore des réserves d'argent, dis-je.
Je touchais une misérable aide de l'État. Par contre, Jules avait un chômage technique partiel mais encore tout à fait convenable.
- Apparemment, c'est le site de la banque qui est en maintenance.
- Bon, je vais faire un mail aux propriétaires pour m'excuser du retard, dis-je.
Nos propriétaires étaient d'adorables octogénaires avec qui nous nous étions liés dès notre arrivée. Bons vivants, ils aimaient nous inviter à prendre l'apéritif, faire cuire la saucisse de Toulouse au barbecue dans leur jardin, ou parler des très nombreux voyages qu'ils avaient faits durant leur vie. Ils étaient très modernes, et c'était un plaisir de les côtoyer, d'autant qu'à notre arrivée à Toulouse, nous ne connaissions qu'eux.
Un mauvais pressentiment m'envahit subrepticement, tandis que je rédigeai le mail à l'attention de Madeleine et Raymond. Ils étaient très âgés... Allaient-ils bien ?

Je ne sus jamais s'ils avaient reçu mon mail. Quoi qu'il en soit, personne ne vint jamais réclamer l'argent.

- Tu crois qu'on devrait leur déposer dans leur boîte aux lettres ? Demanda Jules.

- On n'a pas le droit de sortir, rappelai-je. Attendons la fin du confinement, nous leur apporterons les loyers de retard.

Il acquiesça.

Les flux bancaires ne furent jamais rétablis. Ce qui signifiait aussi que nous ne recevions plus d'argent de l'État, plus de chômage. L'heure était grave, il était grand temps que l'ordre se rétablisse. Je regardais, inquiète, les placards de la cuisine : nous vivions officiellement sur nos réserves.

Un jour, j'eus le bonheur de parvenir à me connecter à mes mails et d'en trouver un de Victoria.

« Chère Faustine. Comment vas-tu, et comment va Jules ? Ici, le moral oscille entre des moments de désespoir, et des moments où la foi se réveille en moi. Certains jours, je me sens si seule que j'ai l'impression de porter sur mes épaules toute la tragédie de l'histoire humaine. Bon, j'en fais peut-être un peu trop, tu me connais. Mais plus sérieusement, je ressens la situation comme un châtiment divin. Faust, ce virus est né d'un trafic illégal d'animaux sauvages, d'animaux sortis de leur habitat naturel. Comme toujours, l'homme s'est cru le roi des animaux, en haut de la pyramide des espèces vivantes, il a péché d'orgueil. Le fameux hybris *condamné par les dieux de la mythologie grecque, tu te souviens de nos cours de latin au lycée ? L'homme se croit à l'égal des dieux et en subit toujours le châtiment. Nous avons dévasté la planète, usé ses ressources à l'extrême, nous avons déplacé, modifié des environnements naturels, nous avons touché à l'équilibre extrêmement subtil et complexe de la chaîne de la vie. Aujourd'hui, certains pensent que nous assistons à l'extinction d'une ère : celle de l'espèce humaine. C'est "la*

fin du monde", pour certains. Mais crois-moi Faust, le monde ne s'est jamais aussi bien porté que depuis que l'homme est assigné à résidence. Le monde respire, les animaux se reproduisent, les forêts repoussent. Encore une fois, l'homme se croit au centre du monde... Son espèce souffre, alors il pense que le Monde est malade. Mais non.

Nous subissons la conséquence logique de ce que nous n'avons pas voulu éviter alors que nous avions toute la lucidité pour stopper cet enchaînement morbide. Nous avions toutes les données scientifiques pour savoir qu'il fallait sans délai changer notre système de vie, notre mode de consommation. Mais l'homme riche n'a pas voulu renoncer à ses privilèges et à son confort. Le péché d'avarice.

Je souffre parce que nous étions plusieurs millions à vouloir un autre mode de vie, à marcher dans les villes tout autour du globe pour faire entendre nos voix. Mais les gouvernements n'ont pas suivi, n'ont pas donné suite à ce que leurs citoyens demandaient. Et tu sais à quel point je ne supporte pas l'injustice ! Voilà ce qui me ronge durant toutes ces longues heures d'introspection : nous étions des millions, prêts pour le grand changement, et on n'a pas changé assez vite. Et tout le monde paye, sans distinction, pas seulement la poignée d'irresponsables qui avaient le pouvoir de renverser la vapeur.

Pardonne-moi ces grandes considérations sur la destinée humaine et sur notre nature profondément mauvaise – Saint Augustin parlait déjà de cette nature mauvaise innée à l'homme, de par le Péché Originel. Puis Hobbes a développé cette théorie que rien aujourd'hui ne peut m'empêcher de remettre en question. Nous alimentons un cycle mortuaire parce que nous ne sommes pas capables d'autre chose que du chaos. Qu'en penses-tu ? Donne-moi ton précieux avis. Je prie beaucoup.

Écris-moi ; tes proches vont-ils bien ? Je n'ai aucune

nouvelle de mon père qui comme tu le sais est médecin. Il a été mobilisé malgré son âge. Quelle folie. Je n'ai pas de nouvelles non plus de mes amis. Je lis beaucoup de philosophie, j'essaie de me nourrir de sagesse, trouver le repos. Je fais du sport aussi, dans mon salon, comme tout le monde. Mais je souffre de ne pas aller à mon club de crossfit ! Tu me connais, quand je fais du sport c'est à fond, c'est pour dépasser mes limites et finir K.-O., sinon ça m'intéresse pas.

Bref, Faust, si on sort de cet enfer, dis-moi qu'on ne refera pas les mêmes erreurs ! Je t'embrasse, et n'oublie pas : tu es mon étoile. »

Je restai plusieurs minutes pensive, quelque peu ébranlée par la profondeur de son message. Elle avait l'air de beaucoup cogiter. Bien sûr je partageais son opinion sur le fond, mais m'inquiétais de son moral. Elle était si empreinte du sens de la justice qu'elle pouvait se rendre malade d'une telle situation. Qui prendrait soin d'elle si elle venait à tomber malade ? Je pris soin de formuler une réponse en son sens, mais en nuançant mes propos, en les teintant d'espoir.

« Chère Vic, quel bonheur de te lire ! Non, je n'ai pas de nouvelles de mes proches. Comme tu le sais, nous sommes très famille, c'est donc très dur à accepter. Je suis même tombée malade plusieurs jours à cause de ça. Jules a pris soin de moi. Je me berce de la conviction qu'ils vont bien. Je n'ai pas d'autre choix. Fais pareil pour ton père. Vic, tu dois soigner ton mental, chouchouter ton moral. C'est pas une blague. Prends soin de toi s'il te plaît. C'est bien que tu fasses du sport, je m'y suis remise aussi et ça fait un bien fou.

Toi et moi nous ne vivons pas la même expérience : tu traverses le confinement seule ; tu me connais, j'en aurais été incapable. Je suis beaucoup plus faible que toi psychologiquement (enfin je t'ai toujours vue si forte), souvent je m'écroule et c'est Jules qui me remet à flot. Alors que tu ne peux compter que sur toi-même pour t'imposer un rythme, une hygiène de vie et ne pas te laisser aller à des pensées négatives. Je t'admire rien que pour ça.

Pour nous, c'est sensiblement une autre aventure : être confiné à deux est un défi. Chacun de nous a alternativement ses moments de doute, de désespoir, de regain, d'énergie ou de défaitisme. C'est difficile aussi à gérer. Sauvegarder notre harmonie de couple alors que nous sommes sans cesse ensemble, soutenir l'autre quand il flanche, sauver la face quand soi-même on craque, composer avec les changements d'humeur de l'autre..

Je te sens extrêmement affligée par la dimension symbolique de l'évènement historique que nous vivons. Je ne te blâme pas. Tu es si intelligente, si engagée dans tes réflexions, ça ne m'étonne pas de toi. Mais tu dois reprendre espoir : toi qui as la foi, toi qui crois en Dieu (et je t'envie, car je n'ai jamais ressenti sa présence et je me sens plus abandonnée par Lui que jamais). Tu dois trouver en toi l'espoir en l'être humain, capable du pire comme tu l'as si bien dit, mais aussi du meilleur : pense à ces millions de gens dont tu parles, qui ont marché pour un monde meilleur. Regarde tous les élans formidables de solidarité auxquels nous assistons. Il y a une lumière en chacun de nous, la flamme est plus petite que jamais, prête à s'éteindre, mais si tu la cultives, si tu souffles dessus avec soin, tu peux en faire jaillir un grand feu.

Tu sais que je partage ton sentiment de châtiment vis-à-vis de ce que nous avons fait de ce monde ; nous en avons parlé des centaines de fois. Toi et moi, nous en avons pris acte, et nous avons modifié à notre échelle ce que nous pouvions modifier de notre vie, renonçant à certains privilèges. Nous nous sommes informées, parfois à outrance, jusqu'à perdre espoir, sur la situation environnementale.

J'ai milité dans des groupes, j'ai donné tous les mois à une association pour rebâtir la forêt amazonienne. Que pouvions-nous faire de plus à notre dimension ? Tu ne peux pas nous flageller indéfiniment. Les responsables de cette faillite sont les gouvernements restés sourds. Moi aussi j'enrage. Je suis en colère. Mais oui, pour répondre à ta question, je pense que quand on sera sorti de cet enfer, nous aurons l'intelligence de rebâtir autrement ce que nous avons gâché. Je ne crois pas en la nature profondément mauvaise de l'homme comme Hobbes et Saint Augustin. Je crois en sa nature perfectible. On peut apprendre de nos erreurs, notre capacité à la réflexion nous distingue du règne animal.
Je t'embrasse, la fin du confinement est proche, continue à m'écrire et s'il te plaît, prends soin de toi ! »

Ce matin était le grand jour : c'était la fin théorique de la quarantaine. J'avais scrupuleusement barré chaque journée sur mon calendrier et en étais certaine. Dès le saut du lit, je tentai immédiatement de rallumer mon téléphone : en vain. Il n'était désormais qu'un objet décoratif posé sur un meuble, parfaitement inutile. Moins encombrant toutefois que la télévision, sculpture massive tout aussi infonctionnelle. Je pestai.

Je m'habillai en hâte, Jules fit de même. Nous enfilâmes nos vestes, et par précaution, mîmes un masque antibactérien sur le visage et des gants en latex, certains que les gens du quartier n'en porteraient pas et nous diraient chaleureusement : enlevez ça, respirez !

Excités comme des fous, nous sautâmes les marches des escaliers deux par deux pour arriver plus vite. Nous frappâmes aux différentes portes de nos voisins pour répandre la bonne nouvelle : Sortez ! C'est aujourd'hui ! Un silence étonnant nous parvint systématiquement.

Arrivés au rez-de-chaussée, nous nous regardâmes, complices, et ouvrîmes doucement la porte, comme pour accueillir progressivement le choc de chaque rayon de soleil sur notre visage. Nous respirâmes à grands poumons ouverts, heureux. Notre odorat fut d'abord agressé par les dizaines et dizaines de poubelles entassées, il n'y avait donc plus de service de ramassage municipal. Je sursautai en apercevant des rats énormes parmi les amoncellements d'ordures qui jonchaient les trottoirs et les rues. Nous avançâmes néanmoins prudemment. Mais quand nous fûmes à l'extérieur, à quelques pas de la maison, nous eûmes la désagréable surprise de découvrir que non seulement les commerces n'étaient pas rouverts, mais qu'il n'y avait aucun de nos voisins se promenant avec insouciance. À la place, d'énormes tanks de l'armée barraient les routes. Des voitures de police balisaient les carrefours et ordonnaient au mégaphone : Rentrez chez vous ! Ne sortez pas ! Rentrez immédiatement ou on vous arrête !

Nous restâmes pétrifiés. Un soldat sortit d'un tank et se rua vers nous avec une violence inouïe. Il portait un masque à gaz, on ne discernait pas son visage. D'une lourde main gantée, il poussa Jules à l'épaule avec virulence : Rentrez immédiatement !

Comme nous restions ébahis, les paumes des mains tournées vers lui en signe d'impuissance et d'incompréhension, il pointa une arme à feu sur nous et réitéra son ordre. Jules m'attrapa le bras douloureusement et m'obligea à faire demi-tour jusqu'à l'appartement. Les sirènes ne cessèrent pas de hurler de toute la journée. Je restai prostrée, les mains sur mes oreilles, pleurant de rage. La sortie avait donc été retardée. Pourquoi ? Combien de temps encore ? Quand aurions-nous une information ?

Nous entendîmes plusieurs fois dans la journée des gens accourir dehors, les soldats hurler des ordres. Pour la première fois de notre vie, nous entendîmes le tir des armes à feu et des hurlements de peur. Nous restâmes blottis l'un contre l'autre sans oser rien dire, espérant nous réveiller d'un mauvais rêve.

Plusieurs jours après sans la moindre nouvelle, nous trouvâmes sur internet un discours enregistré du Président de la République datant du jour théorique de la fin du confinement : très bref, donnant extrêmement peu de détails pratiques, ni aucune statistique sur l'expansion actuelle du virus. Il ordonnait de rester encore chez nous jusqu'à nouvel ordre. *Jusqu'à nouvel ordre.* Cela pouvait être un mois, six mois, un an. La situation, disait le Président, était inédite et extrêmement préoccupante. Les magasins n'étaient plus approvisionnés, les usines ne tournaient plus, les pays exportateurs ne produisaient plus de denrées alimentaires. La pénurie était officiellement déclarée. Désormais, les magasins ayant été dévalisés, vandalisés dans un mouvement de panique dicté par l'instinct de survie le plus primaire, il nous était impossible de nous approvisionner de cette manière-là.

« La guerre que nous menons contre cet ennemi invisible n'est pas terminée. Malgré tous nos efforts, malgré les mesures radicales qui vous sont imposées depuis des mois, l'envahisseur gagne du terrain. Mes chers compatriotes, je vous demande et vous ordonne solennellement de rester chez vous. À partir d'aujourd'hui, tous les lundis matin, l'armée déposera dans chaque foyer une ration d'aliments pour la semaine. »

Je n'en crus pas mes oreilles. Je revis les photographies en noir et blanc de nos livres d'histoire à l'école primaire : la soupe populaire. Nous, les Français, pays riche, en 2022, nous allions être rationnés. Nous allions connaître la faim, le manque, peut-être la guerre avec notre voisin pour se procurer une ration de plus.

- Ne t'inquiète pas, me dit Jules aussitôt en passant sa main dans mon dos. Nous avons plusieurs conserves d'avance.

Rien ne fut dit sur l'arrêt du fonctionnement des banques, du téléphone, de la télévision. Aucun bilan des victimes ne fut avancé. Je restai extrêmement frustrée et contrariée par ce discours. Avec sa douceur habituelle, Jules chercha mon regard pour m'adresser un sourire réconfortant. Je ne sais pas où il trouvait toujours la force de sauver les apparences, se maîtriser et me rassurer. Heureusement qu'il n'était pas comme moi. Je réalisai que sans lui, je n'aurais jamais tenu jusqu'ici, et que grâce à lui, j'allais pouvoir et devoir tenir encore un temps indéfini. Je n'avais plus rien d'autre que lui. Je ne pouvais même pas imaginer qu'il lui arrive quelque chose.

Comme s'il avait lu mes pensées, il serra mon poing nerveux dans sa main et l'enveloppa de sa chaleur.

- Qu'est-ce que tu as ? Dit-il doucement.

- Je pense à tous ceux qui sont seuls chez eux. Ils doivent devenir fous. Victoria, elle va mal encaisser la nouvelle... Je pense aux personnes âgées à qui personne ne vient rendre visite ni aider en cas d'accident ou de besoin. Je pense à tous ceux qui s'aiment mais qui étaient loin lorsque le confinement a été décrété, et qui ne savent pas quand ils se reverront.

Je fixais le sol, tentant de maîtriser les tremblements de ma voix.

- On est ensemble, nous, dit Jules.

Ainsi, le rationnement fut mis en place. Tous les lundis, quand l'armée sonnait à notre domicile et que nous descendions récupérer notre portion de nourriture pour la semaine, nous tentions de glaner la moindre information. Cachés derrière nos masques et nos gants, notre identité semblait s'être évaporée, nous n'étions plus que des civils, des survivants anonymes, tendant leurs sacs pour entreposer leur kilo de riz. Plusieurs fois, Jules interrogea les soldats, mais ils ne nous donnèrent aucune réponse. Pendant ce temps, je me tordais le cou pour apercevoir âme qui vive. En vain, notre quartier était plus désert et insalubre que jamais.

Le moral était au plus bas. Nous n'avions pas la moindre idée de la date à laquelle nous serions à nouveau libres. Car oui, nous nous sentions emprisonnés. Ne pas connaître l'échéance, ne pas pouvoir se raccrocher à une issue prochaine ni lointaine, ne plus pouvoir rayer les jours sur mon calendrier pour me rapprocher d'un jour J, avait cassé notre moral. J'étais résignée. Incapable de me consacrer à une activité constructive ou qui m'aurait soulagé le corps et l'esprit. Je ne fis pas une séance de yoga, ne peignis point, ne lus point. Je passais le plus clair de mon temps à essayer de faire fonctionner la connexion internet pour traquer une information nouvelle.

Jules se renfrogna et devint muet. Il passait beaucoup de temps à inventorier nos réserves dans la cuisine, le front soucieux. Je le voyais sortir et ranger nos conserves par ordre de péremption. Il calculait intérieurement combien de temps encore nous pouvions nous permettre d'agrémenter la ration de riz d'une sauce tomate ou d'une boîte de thon. J'avais honte de ne rien faire, je me méprisais. Il m'arrivait de repasser du linge, passer le balai, tout en pensant : À quoi bon cette mascarade ? Pourquoi répéter ces gestes familiers vides de sens ? Pourquoi mettre cette poussière dans cette pelle et la vider dans la poubelle ? J'étais robotisée, je m'exécutai parce que la familiarité de ces mouvements me ramenait à un confort antérieur, à quelque chose de rassurant.

Ainsi je me pris plusieurs fois à observer, assise dans la salle de bains, la rotation du lave-linge. Fascinée, je décortiquai chaque étape : lavage, rinçage, essorage – Jusqu'à ce que le mot FIN s'éclaire d'un voyant rouge. Je perdais mon temps en pensées inutiles, je réalisais que jusqu'ici je n'avais jamais réfléchi à comment cette machine pouvait effectivement envoyer des litres d'eau, secouer mes vêtements et me les recracher presque secs. Je regardais l'eau s'enfuir par-devant le hublot, hypnotisée. Un jour Jules ouvrit la porte et me trouva là, assise bouche bée devant la machine à laver, il secoua la tête, éberlué, et ressortit. Je me trouvai sotte.

Mais c'est grâce au manège hypnotique du lave-linge que nous parvint la mauvaise nouvelle. Alors que Jules jouait sur son ordinateur, je regardais la danse frénétique du linge malmené dans le tambour. Le linge tourna de plus en plus vite, le mode essorage activé, et je regardais, haletante d'excitation, mes vêtements valdinguer de plus en plus vite, la machine vibrer de plus en plus fort, l'eau regorger vers le hublot pour s'évacuer, quand soudain, PAF. La machine s'arrêta en plein élan. Les voyants rouges s'éteignirent. Au même moment, j'entendis Jules s'exclamer de colère. Je sortis de la salle de bains : il était en train d'essayer de rallumer son ordinateur. La coupure de courant dura plusieurs heures, durant lesquelles je restais assise en tailleur dans le salon, dépitée. Jules tournait en rond comme un fauve.

- On peut se passer de beaucoup de choses, dit-il, mais pas d'électricité.

L'électricité se fit de plus en plus rare. Nous ne l'avions plus que quelques heures par jour, et elle ne coïncidait pas toujours avec l'accès à internet, ce qui nous contrariait fortement. En effet, je guettais toujours des nouvelles de mes proches. Je ne recevais toujours rien de Sandra ni de mes parents. Parfois, je me sentais si mal, que je rallumais mon téléphone, cet objet obsolète, et je regardais en boucle les vidéos que ma sœur m'avait envoyées de ma nièce ces derniers mois. Ma petite Clara en train de peindre, de jouer avec ses poupées, de lire, de chanter, de faire des grimaces rigolotes. Ces images alimentaient ma souffrance et m'apportaient du réconfort à la fois. Je finissais systématiquement ma séance de visionnage le visage entre mes mains.

Je sursautai quand le nom de Victoria s'afficha dans ma boîte de réception.

« *Faust... J'essaie de me nourrir de ta force... J'essaie de suivre tes conseils, je prie, je prie beaucoup, je m'accroche... Mais c'est dur. Dis-moi que vous allez bien. Faust, ici l'électricité ne marche plus que sporadiquement. Je mange principalement froid. L'armée passe en bas de chez moi tous les lundis, j'espère que pour vous également. C'est surtout l'occasion de descendre enfin sur le pas de la porte et d'observer ceux qui comme moi descendent chercher à manger. Faust, c'est glaçant... Il n'y a* presque plus personne... *Où sont-ils ? J'essaie de me persuader qu'ils passent le confinement à la campagne, ou qu'ils sont hospitalisés et entre de bonnes mains. Mais au fur et à mesure de ce rendez-vous hebdomadaire, nous sommes de moins en moins nombreux... Faust, vous avez encore des voisins vous ?*

Pourquoi l'armée ne nous dit rien ? Pourquoi personne ne répond à nos questions désespérées ? Les gens sont de plus en plus agressifs. Lundi dernier, la ration a tourné à l'échauffourée. Un homme a interpellé les soldats très violemment, en les sommant de leur dire ce qu'il se passait, il a perdu le contrôle et s'est jeté sur un soldat. Celui-ci a tiré. Par peur d'être contaminé j'imagine... Putain Faust, je l'ai vu s'effondrer devant moi. Et on n'a même pas pu intervenir pour l'aider, on nous a chassés chez nous comme des rats. »

Le mail de Victoria ne m'apporta aucun réconfort, si ce n'est celui de la savoir en vie. Mais la situation à Paris n'était pas meilleure, et même à la capitale, ils n'avaient pas plus d'informations que nous. Je ne me sentis pas le courage de répondre. Pourtant il le fallait, pour la rassurer sur notre état de santé. Je fis donc une réponse très brève en ce sens, et m'écroulai à nouveau.

« *J'essaie de me nourrir de ta force...* » Mais bon sang, quelle force ?! Parce que j'avais philosophé dans mon dernier mail dans un élan de moralisme, elle me pensait forte ? Je n'en pouvais plus, je craquais moi aussi ! Clara, Maman, Sandra ! Je tombai à genoux et me surpris à prier en regardant le ciel, invoquant un Dieu que j'avais toujours ignoré. Une foi d'opportuniste, voilà tout ce dont j'étais capable ! Je me méprisai.

Quelques semaines après la mise en place de cette routine rationalisée, l'été déclina. On nous avait volés notre été. Nos pauses insouciantes dans les parcs, nos déjeuners en famille au bord de la piscine, nos verres de rosé en terrasse entre copines, notre peau bronzée et nos soirées à la belle étoile. Par la fenêtre du séjour, je voyais le jardin se couvrir d'un tapis de feuilles mortes, et les branches frémir au rythme du vent. Je ne barrais plus les jours sur mon calendrier. La notion de temps avait perdu tout son sens. Qu'est-ce que cela pouvait bien changer, que l'on soit mardi ou jeudi ? Le vendredi soir n'apportait plus son euphorie et son soulagement, le week-end ne signifiait plus loisir et repos, le lundi matin n'était plus synonyme de contrainte.

Un matin que j'étais sous la douche, j'ouvris vainement le mitigeur et explorai le pommeau comme si quelque chose avait pu se bloquer à l'intérieur. Il n'y avait plus d'eau courante. Jules vérifia la vanne de l'immeuble, mais rien. Notre inquiétude s'intensifia. Était-ce une coupure passagère, comme nous avions fini par nous habituer aux coupures d'électricité ? L'armée ramenait toujours trois bouteilles d'eau minérale en début de semaine, mais désormais nous devions nous en servir pour nous laver, boire et faire cuire le riz ou les pâtes. Même si je ne me sentis pas forcément restreinte ni en manque, j'en cauchemardai. Je faisais des rêves dans lesquels je marchais dans le désert et me réveillai la gorge sèche. Mes toilettes devenaient de plus en plus brèves, je réduisais le nombre de lavage de cheveux par semaine. Pourquoi n'y avait-il plus d'eau dans les canalisations ? Était-ce un problème temporaire lié au quartier ? Ou était-ce généralisé ? Les jours passaient et l'eau ne revenait pas. Nous posâmes la question aux soldats de l'armée, comme d'habitude on nous fit battre en retraite et rentrer chez nous au plus vite sans nous donner de réponse. L'eau ne revint jamais.

De manière générale, Jules et moi avions perdu notre enthousiasme. Nous faisions les choses mécaniquement, par habitude, sans qu'elles aient de sens. Nous nous isolions de plus en plus chacun dans notre bulle et ne partagions plus systématiquement les repas ensemble, allions nous coucher à des heures différentes. Chacun tentait de composer avec la donne, de s'en sortir déjà seul avec lui-même. C'était difficile de donner à l'autre alors que nous nous sentions vides.

Je m'aperçus qu'il y avait une autre ressource épuisée : je n'avais plus de plaquettes de pilule contraceptive. J'en parlai avec Jules qui prit un air grave. Nous décidâmes que pratiquer la méthode du retrait était encore trop risqué. Sans pilule, mes règles étaient irrégulières, je ne pouvais pas calculer avec certitude la période à laquelle nous pourrions avoir un rapport sans risque.

- Tu ne dois surtout pas tomber enceinte dans la conjoncture actuelle, dit Jules. Ce serait de la folie.

Nous nous mîmes d'accord sur le fait que l'abstinence restait la méthode la plus sûre. Ce fait nouveau vint encore nous éloigner un peu plus. J'eus l'impression que nous étions deux naufragés sur une minuscule île déserte, qui tournions en rond sans plus nous voir, et maintenant sans plus nous toucher.

Un lundi matin comme un autre où Jules avait mis un masque et des gants pour sortir récupérer les vivres apportés par l'armée, je ne le vis pas remonter. Une heure s'écoula, deux heures. Je m'inquiétai et finis par me décider à enfiler mon attirail de protection pour le rejoindre en bas. Je trouvai un Jules hagard, inquiet, qui faisait les cent pas devant le pallier, hésitant à s'avancer dans la rue.

- Qu'est-ce qui se passe ? Articulai-je dans mon masque.

- Y a personne...

Jules resta toute la journée en bas, de peur de manquer le passage des soldats, qui avaient peut-être pris du retard dans un autre quartier. Il remonta finalement à la nuit tombée, dépité.

- Ils passeront peut-être demain, murmura-t-il. Tu es sûre qu'on est lundi ?

Je haussais les sourcils, incertaine. J'avais perdu la notion des dates, mais je calculais scrupuleusement la diminution de nos réserves d'un lundi sur l'autre.

- Oui, oui... Dis-je finalement.

Jules ne dormit pas de la nuit, il bougea sans cesse, et m'empêcha de dormir aussi. L'inquiétude nous rongeait, nous n'osions pas mettre de mot sur ce que nous ressentions et allions ressentir de plus en plus fort au fil des jours : la faim, qui commençait à nous chatouiller les entrailles.

Le lendemain, Jules fit à nouveau le guet toute la journée, en vain. Il n'osa pourtant pas s'éloigner, de peur de tomber sur un soldat et de se faire chasser à coups de crosse ou pire, de balle. Déambuler dans les rues était toujours, a priori, strictement interdit, même si le quartier semblait avoir été laissé à l'abandon. Pendant ce temps, je faisais le rapide inventaire de ce qu'il nous restait : deux paquets de riz, quinze pommes de terre, six boîtes de thon. Nous pouvions tenir encore deux semaines tout au plus. Le plus inquiétant cependant était l'eau : nous n'avions que trois bouteilles d'eau minérale, plus d'eau courante. Je passais la journée à faire les cent pas dans l'appartement, espérant que Jules remonte victorieux. Mais il regagna le domicile dépité, et ne décrocha pas un mot.

Les jours passaient d'une lenteur exaspérante. Le temps est long quand on a faim, c'est ce que cette expérience me révéla. On ne se fixe plus que sur cela. On lèche son assiette, on boit l'eau du riz, on quitte la table rapidement pour cesser d'y penser et faire taire nos crampes d'estomac. Mais on n'est capable de rien d'autre. Nous économisions chaque gorgée d'eau. J'avais des maux de tête sans cesse, la bouche sèche, j'étais faible et passais beaucoup de temps allongée pour ne pas tirer sur mes réserves. Parfois ma vision se brouillait, des nuages s'épaississaient devant mes yeux, et dans ma fatigue j'apercevais les visages éclatants de Clara, Sandra, ma chère Maman, et les yeux rieurs de mon père. Je leur souriais en retour dans mon agréable mirage.
Nous nous sentions oubliés par le monde. Livrés à notre sort. Pour couronner le sentiment de chaos, l'électricité ne se rétablissait plus qu'une heure ou deux par jour. Les journées diminuaient, la nuit tombait de plus en plus tôt. Nous nous éclairions à la bougie et restions serrés l'un près de l'autre sous une couverture pour nous tenir chaud.
À cette période durant laquelle à la privation de tout s'ajoutait la décision de ne plus faire l'amour, nous fîmes exploser nos frustrations dans des ébats aussi torrides que désespérés. J'ignorais que l'on put partager autant de caresses, s'étreindre avec une telle force sans jamais faire l'amour. Jules rivalisait d'inventivité et d'imagination, et je me laissais aller en toute confiance dans un délice total. Ce fut un renouvellement. Jules assumait pleinement toute la puissance de sa virilité, et je me découvris une souplesse insoupçonnée. Notre sexualité atteignit une apogée paradoxale et sublime, dans une fusion totale, en toute

liberté et sans tabou. Un jour, je m'époumonai si fort, que je me surpris à penser : « Heureusement que les voisins sont morts... ! » Parfois, j'explosais de plaisir avant de m'écrouler de larmes nerveuses ou d'un rire inquiétant. L'intensité de nos étreintes n'avait d'égale que la force de notre désespoir. Nous n'avions plus de règles, plus de cadre, plus de repères. Nous étions redevenus aussi instinctifs que des bêtes.

C'est ainsi que la semaine suivante, n'ayant toujours pas été livrés en vivres par l'armée, Jules décida de partir à la recherche de nourriture et d'informations. Et c'est à son retour, que j'ai déjà conté, que nous prîmes la décision de quitter l'appartement et la ville, car ici nous étions voués à une mort de faim certaine.

Je compris sur la route, ce que Jules avait essayé de m'épargner en m'interdisant de l'accompagner au-dehors. La ville que nous traversâmes était désertée, les magasins vides, pillés, leurs vitrines brisées ou leurs rideaux de fer baissés. Les rues étaient encombrées de déchets, de poubelles éventrées. Mais ce n'était pas le pire. Même si Jules m'avait sommé avec agressivité de fermer les yeux, je le vis très clairement contourner un corps qui dépassait du trottoir. Alors on en était là ? Les gens mouraient dans les espaces publics, dans un pays civilisé en 2022 ?

Je fus très choquée par cette vision. Jules quitta la métropole, s'engagea sur le périphérique puis sur l'autoroute. On ne croisa personne. Il n'y avait plus de barrière à l'entrée des autoroutes, aucun véhicule de l'armée non plus. Jules voulut trouver des mots rassurants, pour que je quitte cet état de choc :

- On est tous les deux. Ça va aller. On est ensemble, c'est tout ce qui compte.

Je hochai la tête avec vigueur. Il se décida enfin à me livrer le récit de son escapade en ville la veille :

- J'ai marché longtemps, à travers le quartier, puis à travers

la ville. Je n'ai trouvé personne. Enfin, personne de vivant...
J'ai frappé à des portes, on ne m'a pas ouvert. Peut-être qu'il
y avait des gens, mais qui avaient peur d'être contaminés, ils
n'ont pas répondu. Certaines fois, j'ai trouvé des portes
ouvertes, mais à l'intérieur il y avait...

Il n'eut pas besoin de terminer, au tremblement de sa voix, à
la manière de se ressaisir en serrant le volant avec fermeté,
je compris, et lui indiquai d'un geste de la main.

Il voulut prendre ma main dans la sienne mais se retint. La
période d'incubation n'était pas terminée, et nous guettions
tous les deux des symptômes éventuels, sans jamais les
évoquer.

- Il y a autre chose aussi, dit Jules d'une voix grave.

Je le regardai, le front inquiet, attendant qu'il parle. Il me fit
signe de soulever la couverture à l'arrière de la voiture. Je
m'exécutai. Je découvris plusieurs énormes paquets de riz,
des sacs de plusieurs kilos. J'allai m'exclamer, mais il me
coupa la parole :

- S'il te plaît Faustine, ne me demande jamais comment j'ai
eu ça.

J'en fis le serment, et nous n'évoquâmes plus ce sujet.
Cependant, à partir de ce jour, Jules ne fut plus jamais le
même.

PARTIE II

La libération

LE PAYSAGE change sensiblement au fur et à mesure des kilomètres que nous parcourons dans un silence religieux. Je regarde par la fenêtre et savoure le soulagement d'apercevoir l'immensité du monde extérieur : les nobles forêts de conifères nous accueillent, indifférentes à notre sort. Je baisse ma fenêtre et respire à plein poumons, malgré la fraîcheur de l'air. Nous montons légèrement en altitude, la route se fait plus sinueuse. J'oublie la possibilité de croiser un véhicule de l'armée, les problèmes qui s'ensuivraient. Je ne sens que l'appel croissant de la liberté, l'air pur des grands espaces. Mes jambes tremblent à l'idée prochaine de pouvoir enfin se dégourdir, cesser de tourner en rond dans quelques mètres carrés. En quittant l'autoroute déserte, la route se fait plus ondulante, les paysages de moins en moins urbains. Nous arrivons dans les Pyrénées, à seulement une heure de route de Toulouse. Nous avons assez d'essence pour le trajet jusqu'au chalet. Ensuite, la voiture deviendra à son tour le vestige d'une époque révolue, un amas de tôle encombrant réduit au silence. Il y a de fortes chances que nous nous retrouvions à nouveau coincés sans pouvoir nous déplacer sur de longues distances. Mais notre nouvelle prison a des airs de vacances. Même si nous n'avons plus jamais les moyens techniques d'en sortir, ce domicile recèle d'assez d'espaces à arpenter pour ne pas se sentir enfermé.

Mais pourquoi est-ce que je pense que nous risquons de ne plus jamais quitter ce domaine majestueux ? Ai-je au fond de moi rayé la possibilité que notre société ne se redresse, ne se rétablisse dans son ancien système ? Oui, peut-être. C'est inavouable mais il me semble nettement que jamais plus je ne tournerai la clé dans la serrure de notre appartement toulousain. J'en éprouve un soulagement car j'en connais le moindre centimètre, il est le synonyme de mois de solitude et de désolation. Mais il symbolise également notre vie active, nos carrières professionnelles et notre vie sociale. Et ça, c'est plus difficile à accepter.

Je pressens que notre ancienne vie ne retrouvera pas son cours. Il y a bien sûr un certain pourcentage de chance que je me trompe. Les six années durant la Seconde Guerre Mondiale ont dû paraître interminables aux yeux des civils. Ils ont probablement perdu l'espoir d'un jour recouvrer leur liberté et reprendre la vie là où ils l'avaient laissée. Et pourtant, cette guerre a pris finalement fin un jour, et une époque différente mais radieuse a commencé. Peut-être qu'un jour, alors que nous n'y croirons plus, que nous aurons fait le deuil de notre confort et de nos possessions, l'électricité reviendra, d'un coup, nous éblouir jusqu'à l'aveuglement ; l'eau jaillira des robinets, glorieuse, la télévision retrouvera la parole. Notre Président s'exprimera en nous souhaitant un agréable retour parmi les vivants. Je retournerai à la galerie, Gina me dira d'oublier cette mauvaise parenthèse, et Jules et moi construirons une famille. Nous serons atteints volontairement d'amnésie et la vie reprendra exactement comme avant. Nous paierons notre loyer, nos charges, nos impôts, travaillerons huit heures par jour pour faire nos courses à l'hypermarché et partir en voyage. Nous reprendrons notre vie d'heureux esclaves aux rouages bien huilés.

Subjuguée par la beauté des villages abandonnés que nous traversons, je me perds dans ces contemplations. Les maisons, très petites et très basses, en pierre fissurée, sont couronnées de toits d'ardoise grise très pointus et dont les extrémités descendent très bas. Ce sont des silhouettes amusantes, sorties d'un conte de sorcières et d'elfes, un peu amassées et mal proportionnées. Ces chaumières semblent chaleureuses, promettent une vie simple et heureuse. Mais la réalité est certainement autre : elles sont surtout totalement vides. Nous n'avons pas croisé âme qui vive, pas un commerce ouvert, pas une station-service en fonctionnement. Ici aussi le virus a frappé durement, comme partout apparemment.

Nous arrivons à la petite maison cossue en pierres et ardoise que nous avons achetée l'année précédente pour un prix dérisoire et que nous appelons entre nous « chalet ». Cette chaumière sans prétention est isolée dans un champ, dans le creux d'une vallée encadrée de sommets enneigés. Les sapins vert sombre colonisent les versants dans l'ombre. On n'entend rien d'autre que la nature, le bourdonnement d'un cours d'eau et le chant des oiseaux. Le claquement des portières quand nous sortons de la voiture nous surprend, son écho venant troubler le calme ambiant. Oui, j'en suis certaine à présent : la vie a suivi son cours, dans l'ignorance totale du destin de l'espèce humaine. Notre crise n'est que la nôtre : le monde continue de tourner, le jour de se lever, dans un rituel immuable.

Nous habitons à plusieurs kilomètres du premier village. Jules a eu le coup de foudre pour cette maison dès notre première visite. Jules n'est pas très amateur de la vie trépidante de la ville, contrairement à moi. Il supportait mal le bruit permanent du trafic toulousain. Son critère principal de recherche était donc la tranquillité. Aujourd'hui, je regrette un peu ce choix qui nous isole davantage d'une vie sociale potentielle. Mais quand Jules ouvre la porte en bois, je me rappelle à nouveau pourquoi j'ai été également séduite : sa simplicité un peu fruste, l'irrégularité de la surface des murs qui supporteraient volontiers un coup de peinture, son petit salon orienté plein sud, ont leur charme. Nous n'y avons passé qu'un seul été, nous n'avons pas eu trop le temps de meubler avec soin. Il n'y a que le strict nécessaire : quelques accessoires de cuisine, une table à manger et quatre chaises, un vaisselier, un lit et une commode. Le mobilier est rustique et régional, il contraste avec les jolies lignes vintage que nous avions choisies pour l'appartement toulousain. Ici, il est massif et avant tout fonctionnel. Je me dis intérieurement que je pourrais les poncer, les peindre, peut-être les sculpter de quelques motifs. Je repense avec une forte nostalgie à la semaine de vacances que Victoria était venue passer ici. On s'était énormément amusées, détendues, nous avions fait de longues marches et des baignades dans des cascades et des lacs.

Nous déchargeons la voiture, empreints d'un certain enthousiasme. Jules remplit les placards de la cuisine des fameux sacs de riz, et en range d'autres à l'arrière de la remise attenante à la maison. Je ne pose pas de question, comme convenu. Je trie et range nos affaires dans notre chambre : nous avons principalement emporté des vêtements un peu chaud, car ici l'air est souvent frais, même en été. J'entrepose avec soin la boîte contenant nos médicaments dans la salle de bains, et fais l'inventaire de nos ustensiles de cuisine. Nous n'avons pas grand-chose ! Il va falloir s'en contenter et vivre avec parcimonie. Je sors de la voiture mon chevalet, les toiles et les instruments de ma peinture et les cache immédiatement dans la réserve. Je ne suis pas encore réconciliée avec l'art, ce loisir de privilégié inutile et *non essentiel à la survie de l'espèce humaine.*

Et voilà d'où je relate la genèse de notre déménagement. J'ai installé une petite table d'appoint devant la maison. Vêtue d'une légère polaire, accompagnée d'une eau chaude (j'ai simplement infusé quelques feuilles de la menthe trouvée derrière la maison), j'écris sur un cahier. L'électricité n'étant pas rétablie, mon ordinateur fermé ne signifie plus rien, posé sur la commode. Je ne me résous pas encore à le ranger hors de ma vue. Plus d'ordinateur, ça signifie plus d'espoir de capter internet, et donc plus aucune chance de recevoir des nouvelles de mes proches ni de Victoria. C'est le deuil matériel le plus difficile à faire.

Le premier matin, nous sommes restés paresseusement au lit, sereins. Nous avons souri de voir au-dessus de nos têtes un autre plafond que celui de notre chambre à Toulouse. Quel soulagement d'avoir changé d'air ! Une fois debout cependant, Jules n'a pas perdu le nord. Il m'a donné des directives pour organiser intelligemment notre future traversée de l'hiver. *L'hiver !* Dans mon euphorie, j'en ai oublié le sens des réalités. Bientôt, nous allons vivre dans un étau de glace, et nous avons intérêt à faire des réserves de tout ce dont nous pourrions avoir besoin lorsque la neige aura encerclé la maison.

Jules m'engage à glaner le maximum de petit bois, fruits et plantes comestibles dans un secteur de quelques centaines de mètres. Mais qu'est-ce qu'il me demande là ? Je n'ai pas la main verte pour deux sous. Mon enfance à la campagne, le jardin d'Éden de ma grand-mère dont elle soignait chaque fleur et chaque plante, me semble à des années-lumière, éclipsés sous mes années d'étude à Paris et les années citadines à Toulouse. Une plante comestible ? Voyons, du petit bois... Je dois m'enfoncer à la lisière de la forêt pour trouver, à la périphérie, quelque ressource exploitable. Du petit bois, c'est facile, mais c'est vite lourd. Je flâne, je respire les parfums inconnus, j'apprécie l'herbe montante qui chatouille mes chevilles, je chasse des abeilles bourdonnantes en riant. Il ne faut pas que je me perde. Jules m'a dit : à chaque fois que tu te retournes, tu dois pouvoir apercevoir le chalet. Oui, c'est bon, je le vois. Je distingue Jules chargé de bois qui s'enfonce dans la remise et en ressort, actif et productif. Si je ne ramène que quelques brindilles, je vais me faire passer un savon. Je cherche des baies aux branches des arbres, des fruits, mais ce n'est peut-être pas la saison, je n'identifie rien de tel. Ah ! Là par terre, c'est visiblement de la verveine, et là du thym. Des herbes aromatiques pour agrémenter ce riz qui nous sort pas les yeux, et de quoi égayer nos infusions, voilà une bonne trouvaille. Je reviens déjà vers la maison, contente de moi. Mais Jules m'interpelle au vol et me demande d'être un peu plus efficace. Dans quelques jours seulement, les premières neiges tomberont. Il peste parce que dans la remise, il n'a que très peu d'outils, et pas de hache. Il ne peut pas couper assez de bois pour que l'on se chauffe tout l'hiver. Pour l'instant, il se contente de branches tombées au sol ou à bonne hauteur pour pouvoir être coupées à la main. Il me montre ensuite le chemin qui mène à un cours d'eau, à cent mètres à peine de la maison. Munis de bouteilles vides, nous les remplissons et les ramenons au chalet. Jules est visiblement beaucoup plus conscient de ce qui nous attend que moi, qui ne pense qu'à jouir de cette liberté nouvelle qui me fait monter les larmes aux yeux de plaisir. J'ai pourtant le sentiment que je n'ai pas volé cette légèreté, cette insouciance nouvelle, et n'en éprouve pas de culpabilité.

Nous passons la soirée éclairés à la bougie, admirant par la fenêtre les derniers rayons du soleil qui inondent le décor de lumière rose et orange. Quel spectacle que celui de la nature. Nous nous sentons si petits, si vulnérables et pourtant quelque chose veille sur nous, nous protège. Nous sommes exposés à tous les dangers : le pillage d'un quelconque survivant en errance, les ours bruns, les animaux sauvages, la tempête, le déchaînement des éléments naturels. Nous ressentons notre nature inférieure, notre immense fragilité, le rien que représente notre existence sur la chronologie de l'univers. Nous ne sommes pas plus importants que des fourmis vues du ciel.
Nous dînons en silence et Jules va se coucher, soucieux.

Ce matin, Jules a décidé de partir jusqu'au village le plus proche pour ramener le maximum de ressources qu'il trouvera. Le mot n'est pas dit, mais j'ai bien peur que ce soit la définition même du pillage. Il se sent tellement tiraillé par la morale, qu'il est plus sombre que jamais. Mais il répète que l'on n'a pas le choix. Il espère au moins trouver une hache dans une grange abandonnée. Il s'arme d'un couteau, ce qui m'inquiète. Il m'explique que s'il trouve une maison habitée, on pourrait le prendre pour un agresseur et l'attaquer. Il doit être en mesure de se défendre. Cette explication m'effraie, et j'ai du mal à ne pas exprimer à haute voix cette peur. Il s'agace, part avec un grand sac à dos de voyage vide sur le dos.

Il est tôt dans la matinée. Que vais-je faire de ma journée ? Je mets un peu d'ordre dans la maison et ai la bonne surprise de trouver trois bouteilles d'huile d'olive maison, extraite des terres d'oliviers que notre famille possède dans la vallée du Rhône, pas loin du Vaucluse. Je découvre également des pots de confiture de figue et d'abricots que ma mère a faite l'été dernier et m'a donnée. Une dose de sucre ! Je ne résiste pas à plonger un doigt dans la confiture de figue. La sensation de picotement acide et doux sur la langue m'agresse avec indécence. Les granulés du fruit s'étalent dans mon palais et l'enchantent, le sucre déploie son pouvoir magique et ensorcelle mon cerveau. Cela m'ouvre l'appétit, il faut refermer ce pot et penser à autre chose. Mais voilà que la brèche est ouverte, et que je me prends à penser à ce que je ne goûterai peut-être jamais plus : la saveur de crevettes snackées à la poêle, assorties d'une crème au lait de coco et au curry, un burger maison avec un steak boucher, le plaisir acidulé honteux d'un morceau de mangue sur ma langue, le piquant de l'ananas qui enflamme mes gencives, la douceur d'une banane sucrée à souhait ou flambée au rhum. Je pense à l'amertume sombre du chocolat, qui a longtemps été ma drogue, aux infinies possibilités de pâtisseries qu'il peut offrir. Je visualise un éclair au chocolat et sa pâte à choux tendre et moelleuse, et me méprise en pensant au caprice industriel d'un coca-cola, que je n'ai pourtant jamais aimé. Regoûterai-je un jour aux petits plats de ma mère, à ses quenelles lyonnaises, à sa tartiflette inoubliable ou à la recette des crêpes inimitable de ma sœur ? Où me procurer des produits simples comme le beurre, le lait, les œufs ? Comment pêcher du poisson frais ? Est-ce que mes papilles frémiront à nouveau au parfum alléchant d'un poulet rôti ? Ces pensées m'accablent, me provoquent des crampes à l'estomac, me brûlent l'œsophage, assèchent ma bouche. Je dois tirer un trait sur ces plaisirs. Oublier le caprice délicieux de partager une planche de sushis frais. Les bonnes tables que l'on adorait s'offrir de temps en temps avec Jules, assorties du cru d'une bouteille de rouge. Est-ce que jusqu'à la fin de ma vie, je me nourrirai de grains de riz ? Est-ce que le menu du jour variera sans faille du risotto aux feuilles de verveine, au riz long parfumé au thym ? Je me morfonds.

Je continue mon rangement de la maison pour m'efforcer d'oublier la douleur dans mes entrailles. Dans la remise, je laisse échapper un cri de surprise et de joie : mes livres ! Je les avais stockés ici dans des cartons, mes parents m'ayant sommée de débarrasser définitivement leur garage de mes centaines de bouquins. Je ne peux que difficilement exprimer le bonheur que je ressens en prenant dans mes mains *Le Rouge et le Noir*, *Les Fleurs du Mal* ou *Le Petit Prince*. Un violent frisson me secoue de haut en bas, telle une claque. Un souvenir si lointain et si agréable que mes années de lycéenne, chez mes parents à Lyon, ressurgirent de nulle part. J'ouvre précieusement *Les Méditations Poétiques* de Lamartine : l'adolescente que j'ai été a entouré ses passages préférés, corné de petites vaguelettes certains poèmes. Je me rappelle l'avoir lu et relu de nombreuses fois, comme en témoigne le froissement du papier. Je mets sans hésitation de côté le précieux exemplaire, et continue mon exploration. *Les Grands textes de la philosophie*. Intéressant, je prends. Je pense à Victoria qui lit énormément de philosophie et qui se réfère souvent à de grands noms lorsqu'elle expose une idée. Je dois me remettre à niveau, pour la prochaine conversation passionnante que nous aurons. Ah, *La Peste*, Albert Camus. J'hésite plusieurs minutes, comme si je pouvais y trouver des choses compromettantes ou perturbantes. Non, je ne suis pas prête. Je le remets dans le carton. *Si c'est un homme*, Primo Levi. Non, je suis assez désespérée de la nature humaine, de la brute immonde qu'il peut être. Je n'ai pas besoin de ça, je ne me sens pas assez forte. Levi retrouve son camarade Camus au fond de sa boîte. Je veux de la poésie, je veux vibrer à nouveau, je veux ressentir les mots, je veux qu'ils me parlent à voix basse, qu'ils me touchent au cœur directement. Je veux m'émerveiller du choix d'un terme plutôt qu'un autre, de l'intelligence de la rime riche, *voir* ce que l'auteur décrit en exaltant les possibilités et la beauté de la langue de Molière. *Les Contemplations*, Victor Hugo. Inespéré. *Les yeux d'Elsa*, Aragon, merci mon Dieu. À défaut de mets délicieux, je me nourrirai de ces pages, et, devant la multitude de cartons que je n'ai pas encore ouverts, je me sens envahie d'une plénitude familière. Tout cela tombe bien, j'ai plus que jamais besoin de me réconcilier avec ce que l'homme peut produire de meilleur, avec son extraordinaire intelligence et sa sensibilité unique.

Jules est revenu. De son sac à dos, il sort des tas de petits miracles : des boîtes d'allumettes qui nous permettront d'allumer la cheminée cet hiver et de faire cuire les aliments, des briquets, des conserves, des pâtes, du quinoa, des lentilles, du dentifrice, et quelques bonus très agréables : une plaquette de chocolat au lait aux éclats de noisette, des briques de jus d'orange et jus de pomme, du sirop d'orgeat (j'adore ça) et même une brique de lait qui n'est pas encore périmée. Jules est maussade, peu fier de sa tournée.
- J'ai laissé un mot systématiquement pour m'excuser et

donner notre adresse, au cas où les habitants reviendraient.

J'acquiesce avec euphorie, le félicite de son initiative grâce à laquelle nous allons varier un peu les repas. Je lève la plaquette de chocolat au ciel, surexcitée. Je l'ouvre avec précaution pour ne pas en perdre une miette. Cela décroche un demi-sourire à Jules. Je croque à même la plaquette, ferme les yeux pour permettre à la saveur de délivrer son message extatique au cerveau, je mâche longuement en faisant des « mmmh ». Je la tends à Jules, qui casse sagement un carré et le savoure avec délice et en silence.

- Il faut l'économiser, un seul carré par jour.

Il range le petit trésor dans un placard, je lui dis intérieurement : à demain. Rien ne peut gâcher la joie de ce ravitaillement inespéré.

- Tu n'as vu personne ? Dis-je.

Il secoue la tête négativement.

- Demain, on y retourne ensemble. Il faut marcher longtemps, tu te sens capable ? Je dois absolument trouver une hache pour couper du bois, c'est la priorité. Et à deux, on ramènera plus de choses.

J'acquiesce et me sers un sirop d'orgeat que je sors déguster sur une chaise longue devant le chalet. Mon insouciance n'a d'égale que sa culpabilité. Je ne l'ai jamais vu aussi sombre.

Ce matin, je mets mes chaussures de randonnée. Je m'équipe en sac à dos et bouteille d'eau. Jules s'organise aussi, silencieusement. D'un signe de tête, il m'indique que l'on décolle. Je sors de la maison, il ferme à clé par la force obscure d'un vieux réflexe, et nous partons. Je m'en remets entièrement à lui sur l'orientation, bien incapable de savoir dans quelle direction et à quelle distance se trouve le premier village. Le jour se lève, il fait très frais, c'est bon, je respire à pleins poumons, je souris en accueillant les premiers rayons de soleil sur mon visage. Les versants de la vallée sont inondés de rose et de jaune, les sapins sortent doucement de l'ombre. Jules marche d'un bon pas, je dois garder le rythme et ne pas trop flâner. Je garde mes rêveries sur la communion avec la nature pour lorsque je serai seule.

Au bout d'une heure de marche rythmée, nous arrivons dans la première petite commune. Aucune cheminée ne fume, aucun moteur ne ronronne. Sans surprise, nous traversons l'unique artère du village sans croiser âme qui vive. J'observe les volets entrouverts, me demandant si un œil inquiet ne nous guette pas. Et s'il y avait des survivants mais qu'ils n'osaient pas se manifester, de peur d'être pillés, volés ou contaminés par nous ? La peur s'est répandue sur l'humanité comme un semis sur un champ fertile, les médias l'ont alimentée, arrosée avec amour, la peur est désormais une amie familière que l'on a tous en nous, qu'on ose le dire ou qu'on la taise. J'ai peur chaque jour de tomber malade, de perdre Jules, de me retrouver à devoir survivre sans lui. J'ai peur qu'une tempête arrache notre toit, que l'on meure de froid ou de faim. Mais la peur au ventre, tenace et aussi fidèle qu'une vieille camarade, on avance.

Jules m'indique une maison qu'il n'a pas encore « visitée », c'est son terme. La poignée résiste, la porte est fermée à clé. Jules tente de forcer avec son épaule, mais rien. Alors, il frappe au carreau de la grande fenêtre qui donne sur la rue, demande s'il y a quelqu'un, personne ne répond. Sans difficulté, il brise le carreau avec le manche d'un outil qu'il a ramené dans ce but. Il ouvre le système de fermeture de l'intérieur et pénètre dans la maison. Je l'escalade également sans attendre son feu vert, et une fois dans le salon très vieillot, une forte odeur nous agresse. N'y tenant pas, je ressors immédiatement par là d'où je viens. Je vois Jules qui progresse lentement dans la maison, un bras sur son visage. Il disparaît de mon champ de vision, j'hésite à le rejoindre, un sentiment de culpabilité m'envahissant. Mais je ne suis toujours pas remise de la violente odeur de pourriture qui m'a assaillie et m'a retourné l'estomac. Je vois Jules revenir

58

en courant presque. Il saute par la fenêtre et m'indique qu'il a trouvé du savon et du shampoing.

- C'était quoi cette odeur infâme ? Dis-je.
- Allez viens, restons pas là, maugrée Jules en m'attrapant le bras.
- Jules ! C'était quoi ?

Il finit par murmurer :

- Un vieil homme, dans son lit depuis au moins plusieurs mois.

Je déglutis, je ferme les yeux pour accuser la nouvelle et la digérer, car désormais mon cerveau associe l'odeur à la décomposition de la chair d'un homme et la rend encore plus insoutenable, comme imprimée dans mes narines. Je marche plusieurs mètres la main sur l'estomac pour stabiliser mes nausées, je respire profondément. Jules a le visage fermé, impénétrable. Ce début de tournée a refroidi mon courage, je n'ai qu'une envie, rentrer immédiatement au chalet, m'enfoncer dans le déni et savourer notre solitude comme une retraite spirituelle ou des vacances prolongées. Cette virée me rappelle pour quelle raison véritable nous sommes en exil, alors que j'avais précisément réussi à l'éluder.

Je traîne la patte durant toutes nos visites, peu emballée à l'idée de forcer les ouvertures des propriétés privées. Cependant, je dois reconnaître que la chasse est bonne, et nous rentrons avec des vêtements chauds, une couverture supplémentaire, Jules a trouvé une hache, des clous, une ponceuse. Notre triste mission s'achève et nous n'avons quasiment pas échangé un mot de la journée, peu fiers de nous et plongés dans nos pensées respectives. De retour chez nous, je me sens à nouveau terriblement seule, abandonnée du monde, sensation que j'avais perdu depuis que nous avions quitté la ville. Je me sentais privilégiée, en harmonie avec la beauté du paysage. Maintenant je me sens à nouveau comme une survivante en exil entourée par la mort, au milieu de villages désertés sur des kilomètres à la ronde. Y a-t-il d'autres personnes comme Jules et moi, qui tentent de continuer malgré tout ? Qui se demandent si eux aussi sont les derniers ? Ce n'est pas possible que nous soyons les deux derniers êtres humains sur cette Terre. Mais où sont-ils, et les trouverons-nous un jour ? Les hommes doivent-ils nécessairement se retrouver pour former un groupe et reconstruire une organisation de vie commune où chacun contribue à la continuité de la vie ? La société est-elle une nécessité pour notre survie, ou est-il préférable que les derniers vivants fassent leur chemin de leur côté, pour ne pas reproduire les erreurs passées ? Je ne sais pas, mais aujourd'hui, je voudrais tant avoir une amie à qui parler. Je ne sais même pas si Victoria est vivante.

Ça y est, l'hiver s'installe. Il dépose délicatement ses petits présents gelés sur le toit du chalet et tout autour. Un fin dépôt blanc vient modifier le décor alentour, et bientôt la couche s'épaissit sensiblement. La neige tombe à flot. Je peux rester des heures à admirer la transformation du paysage, ses variations de couleur et les nuances de lumière me font penser à un tableau impressionniste d'Alfred Sisley. Je pense au talent de l'artiste qui peut varier les nuances de blanc jusqu'à rendre l'illusion de la neige sur la toile. Comment le soleil peut-il briller si fort, promesse de chaleur, et irradier pourtant un spectacle blanc glacial ? Je pense au travail sur le noir et le blanc de Pierre Soulages. Ces deux non-couleurs qui sont paradoxalement, pour le peintre, les plus chargées en lumière, et capables d'en dégager une extrêmement forte. Je me rappelle avoir passé beaucoup de temps au Musée Beaubourg à Paris devant ses œuvres, j'avais été frappée par la puissance lumineuse du blanc. Sa pureté et son intensité m'éblouissent aujourd'hui alors que le ciel peint un monochrome devant notre fenêtre.

Je bois des infusions qui me réconfortent et me réchauffent. Je paresse longuement près de la cheminée que

Jules alimente en bois dès que le feu décline. Je m'enroule d'un plaid et médite longuement devant les braises rougeoyantes. Jules, lui, a l'air de fuir ces moments de contemplation et de calme. Il essaie presque désespérément de s'occuper l'esprit et les mains, ce que je ne comprends pas. L'extérieur est inaccessible, nous devons hiberner et vivre de nos réserves. À nouveau, l'épreuve de l'enfermement. Mais je le traverse sereinement. Jules au contraire, s'active avec nervosité. Il a décidé de travailler le bois, le poncer, le vernir, le rendre régulier. Il me fabrique des étagères pour que je puisse poser mes livres. Toujours ce besoin de ce sentir actif et utile. À moins qu'il fuie l'introspection. Que me cache-t-il ? Pourquoi est-il si fuyant, absent, triste ? Depuis que nous avons quitté Toulouse, il ne m'a pas touchée une seule fois. Je me heurte à sa fatigue et autres prétextes. Il s'endort toujours dos à moi, et ne m'entend pas pleurer en silence. Jules m'exclut petit à petit de sa souffrance, alors que la communication était un pilier de notre couple. Je n'arrive pas à percer son mal-être, il se refuse à toute explication, jusqu'à parfois me sommer violemment de le laisser tranquille.

Est-ce qu'il souffre de l'abandon de notre ancienne vie en ville ? Son travail, qu'il adorait ? Ses collègues et amis ? Le renoncement aux sports de glisse, la frustration intenable de ne plus entendre la musique ? Est-ce la perte de notre vie sociale et matérielle qui le mine ? Ou a-t-il perdu l'espoir d'un jour retrouver notre ancienne vie ? Il vit tel un condamné. Ou alors le problème vient-il de moi ? Souffre-t-il de penser que je suis peut-être la dernière personne sur cette Terre qu'il va voir et avec qui il va parler jusqu'à la fin de ses jours ? Est-ce qu'il sature de moi ? Est-ce qu'il ne m'aime plus ? A-t-il besoin d'être seul, ou au contraire de retrouver le plaisir d'avoir des amis ? Je ne sais pas et les théories plus douloureuses les une que les autres se bousculent dans ma tête. Petit à petit je me renferme aussi, ne cherche plus à le faire parler, n'insiste plus pour que l'on partage des discussions ou des moments de complicité. Je le laisse s'éloigner, le cœur lourd. Je crois que je le perds. Il n'a jamais été autant « qu'à moi », mais je sens pourtant que je sors de sa vie.

Les lectures ont nourri mon esprit et ont accompagné ma solitude tout l'hiver. J'ai pris le temps, que je n'avais pas avant, de relire de grands classiques, d'en découvrir d'autres que je n'avais jamais lus. Je me suis attelée à une remise à niveau en philosophie aussi scrupuleusement que si j'allais repasser mon baccalauréat. J'ai pris des notes sur les grands mouvements depuis l'Antiquité à nos jours, me suis surprise à m'en prendre de passion. Les Lumières ont captivé tout mon intérêt et j'ai replongé avec bonheur dans les écoles stoïcienne et épicurienne. J'ai également écumé des romans des XVIIIe et XIXe siècles, ai versé ma larme sur *Une Vie* de Maupassant, ai redécouvert l'histoire tragique de *Paul et Virginie* de Bernardin de Saint Pierre. Les grands amants de la littérature ont comblé mes frustrations et mes besoins de passion, j'ai ainsi pris le temps de lire Shakespeare, ou encore la perfidie de Valmont dans *Les Liaisons dangereuses* de Laclos. Dans les romans plus récents, j'ai senti les bombes s'abattre dans *Mille soleils splendides* de Khaled Hosseini. J'ai retrouvé l'ombre de ma chère Victoria dans chaque ligne de la saga *L'Amie Prodigieuse* d'Elena Ferrante.

L'évasion de mes lectures a comblé le vide de ma réalité. Jules ne m'a pas touchée depuis des mois. Je suis devenue invisible à ses yeux. Je fais partie des meubles, immobile plongée dans ma lecture près du feu. Nous prenons nos repas ensemble, mais il ne lève pas les yeux de son assiette. Même son apparence a changé. Sa barbe a poussé, broussailleuse et clairsemée de poils poivre et sel. De petites pattes d'oie sont venues plisser le coin des yeux.

Le souci sur son front a approfondi un peu les premières rides. Je le trouve toujours aussi beau même si ses yeux verts expriment une invariable mélancolie.

Je n'ai pas peint depuis un an. Un an que notre vie a basculé et que j'ai rompu avec ce qui pourtant, je le pensais, donnait tout son sens à ma vie. Créer, m'exprimer, réfléchir à mon œuvre, travailler, avancer. Sortir de la matière une idée, un sens, une direction. Transformer la matière en quelque chose de sensible et intelligible. J'avais du talent, quelque chose que l'on commençait à remarquer, à comprendre, à soutenir. Pourquoi est-ce que je ne peux plus ? L'inspiration m'a-t-elle abandonnée ? Non, ce n'est pas les sujets qui manquent. Je pourrai faire quelque chose de cette expérience de vie, de ce que je traverse, de ma relation avec Jules, je pourrais le coucher sur la toile, le traduire par des formes et des couleurs. Ce n'est pas l'inspiration qui est partie. C'est le *sens*. À quoi bon peindre, exprimer, représenter, si personne ne peut le voir ? Quel auteur a écrit en sachant qu'il ne serait jamais lu ? Non, on écrit, on peint, pour être lu, admiré, compris, supporté, critiqué, pour remuer, déranger, combler, dialoguer. Isolé, ce travail n'est plus qu'un assemblage de traits, de gribouillages qui restent silencieux, ne s'éveillent pas, ne transfigurent rien.

Les médecins, les routiers, les agriculteurs, les caissiers, les enseignants, les policiers, les pompiers, ces grands et petits métiers parfois dénigrés, ont essayé de sauver l'humanité, en première ligne pour tenter de tenir les murs, retarder l'effondrement. Les artistes et les poètes n'ont pas trouvé leur place dans cette fin du monde. Et cette impuissance, cette inutilité m'ont laissé un goût amer.

Des brins d'herbe viennent tacheter de vert la couche blanche qui s'efface et disparaît en flaques transparentes. Le printemps fait fondre le verglas et libère les jeunes pousses.

Comme après un long sommeil, la nature semble se réveiller doucement. Comme si elle bougeait d'abord le bout des doigts, agitait timidement ses orteils, avant de dégourdir péniblement ses membres engourdis, la montagne s'éveille progressivement au cycle des saisons. Les températures remontent, les oiseaux pépient gaiement, la neige fond dans les cours d'eau qui reprennent leur descente folle. Je suis comblée de retrouver la polychromie par la fenêtre, le vert reprend la plus grande partie de la place, aux côtés du brun, du bleu du ciel et des sommets blancs enneigés. Le temps s'étire avec promesse mais avec nostalgie, la glace qui fond en gouttelettes semble de petites larmes.

Je m'éveille aussi et m'étire au rythme de celui de la vie qui reprend ses droits. Je m'enfonce dans mon fauteuil, remontant le plaid sur mon corps et souriant d'aise. Je bois une gorgée de ma tisane tout en regardant le spectacle du renouveau qui s'offre à la fenêtre
Jules entre dans la maison et annonce fièrement :
- On va pouvoir commencer à planter les premières semences du potager !
Ah, les choses se corsent. Je pense en moi-même : la terre est magique, nourricière mais mystérieuse. Saura-t-on tirer profit de la vie qu'elle abrite et faire pousser des fruits et des légumes ? Voilà une autre paire de manches... Car cette science précise ne s'invente pas. Il faut une terre assez fertile, planter les graines à telle ou telle profondeur selon la variété, arroser à telle fréquence ou non, exposer le plant au soleil ou à l'ombre... Comment va-t-on faire ? Jules a bien un manuel de débutant qu'il avait acheté ainsi que plusieurs variétés de graines, l'an dernier alors qu'il était plein de bonnes intentions.
- Dans un premier temps, annonce Jules, nous devons sécuriser le périmètre du potager, pour éviter que les animaux viennent le piétiner et manger les pousses.

J'opine et m'ôte à mon poste préféré devant la fenêtre. Finies les contemplations sur la magie de la nature, il est temps d'en extraire une partie de ses secrets.

Journée éprouvante, nous avons taillé et planté des piquets de bois et étendu des fils entre eux, pour délimiter l'espace du futur potager. Je me suis sentie peu dégourdie et peu à l'aise avec ce travail, mais Jules a gardé sans cesse le rythme et a dirigé le gros œuvre avec précision. Cela nous fait tout de même une activité à partager, ce qui est nouveau depuis que nous sommes installés ici. Cependant, il parle toujours pour le strict nécessaire et n'a plus de geste de tendresse spontané envers moi. Je commence à m'y faire et apprivoise les picotements de douleur qui me tracassent régulièrement. J'essaie de capter son regard et de sourire avec complicité, mais je n'arrive pas à créer ce lien intime. Jules prend très au sérieux son rôle de constructeur et de protecteur de notre foyer et ne se déride pas. À un moment, j'ai tenté de lui jeter une petite poignée de terre au visage pour le faire rire et provoquer une bataille, je n'ai eu qu'un regard sévère en retour.

Je me détends ce soir par la lecture, après avoir préparé un dîner frugal mais réconfortant. Le travail nous donne bon appétit, nous mangeons de bon cœur et à ce rythme nos réserves diminueront vite. Il est crucial que l'on parvienne à cultiver cette parcelle de terre si prometteuse. Jules étudie son guide pour les débutants en potager et corne des pages importantes. La nuit tombe encore assez tôt, nous veillons à la lueur de bougies et de la cheminée.

Les journées s'enchaînent et nous travaillons avec de plus en plus d'acharnement. Nous nous levons aux aurores pour travailler avant que la chaleur ne tombe en milieu de journée. Car ce travail nous courbe l'échine et nous demande beaucoup d'efforts. Nous travaillons genoux au sol, en contact solidaire et direct avec la terre. Je creuse, je plante piquet, pelle, pioche, je sème, la terre se loge sous mes ongles et souille mes vêtements. Je rencontre parfois des vers, je dompte mon dégoût, Jules me dit qu'ils sont une condition sine qua non pour fertiliser la terre. Je les regarde gigoter à l'aveuglette. Je les contourne, plantant ma pioche ailleurs. J'enfouis les graines des tomates, des salades, des carottes, je les recouvre de petites mottes. Tous les matins nous inspectons l'avancée du travail, nous arrosons délicatement et avec amour. Quand Jules a le dos tourné j'esquisse quelques gestes de prière improvisés pour que Mère Nature soit de notre côté et nous offre de beaux légumes gorgés de vitamines. Que ce dur labeur paye !

L'après-midi, Jules continue de travailler, il coupe du bois, répare des tuiles cassées, trouve toujours quelque chose à faire. Moi je plonge dans mes livres, sur une chaise longue dans le jardin, et je jouis du décor immobile splendide que les sommets offrent à ma vue. Mes goûts se portent de plus en plus naturellement vers la poésie, et depuis quelque temps, je lis exclusivement ce genre, avec une préférence pour l'époque romantique, élégiaque, celle qui loue la splendeur de la nature et le sentiment misérable de la petitesse de l'homme. Je lis lentement pour m'imprégner du sens de chaque mot et de sa douce association avec un autre terme.

Nos premiers essais de potager se sont transformés en échec, et il a été difficile de garder le moral et recommencer sur de bonnes bases. Nous avons probablement commencé trop tôt la plantation, et les pousses de tomate ont gelé. Les semences de carotte, quant à elles, ont pourri. Les températures sont encore très basses le matin. Heureusement, Jules a eu la présence d'esprit de n'utiliser, pour ce coup d'essai, qu'une poignée seulement de semences.

Il consulte son manuel et me dit, dépité :

- Les tomates ne doivent pas être plantées avant mi-mars ou avril. Si la température de la terre descend à moins de dix degrés, ça gèle. Pour les carottes, l'époque idéale de plantation est plutôt au mois de mai.

Je réfléchis. Nous n'avons aucune idée de la date. Nous avons définitivement renoncé à la notion de calendrier traditionnel. Mais maintenant, on s'en repent.

- On doit être en mars, dis-je, mais en montagne les températures sont plus froides.

Nous avons donc attendu quelques jours et recommencé de zéro nos pénibles mais nobles tâches. Nous avons laissé les carottes pour plus tard.

Nous plantons également des petits pois, en respectant aussi scrupuleusement que possible les indications écrites à notre disposition, et je prends garde à les recouvrir de deux centimètres de terre environ. Comme je ne suis pas encore habituée à la répétition de ce geste, je mets un temps fou, le visage presque collé au sol, à calculer les centimètres approximatifs avec mes doigts. Je m'en sors plutôt bien, Jules me félicite et m'encourage.

Par contre, il court à ma rencontre lorsqu'il me voit me lancer dans la plantation des salades. Il se prend la tête entre les mains, catastrophé :

- Qu'est-ce que tu fais Faust ! Il y a un mode de semis bien spécifique pour les laitues.

Je soupire, épuisée, et reste appuyée sur le manche de la pioche. De mon avant-bras couvert de terre, je m'essuie le front et bredouille :

- Je suis crevée.

- Les jours avancent, dit Jules, il ne faut pas louper la bonne période de plantation. Courage, on se reposera quand cette étape sera finie.

Il m'explique donc, avec sa pédagogie et son calme qui m'ont toujours fascinée, que je ne dois pas enterrer le collet (la base du plant), mais laisser effleurer cette partie au-dessus de la terre. Je dois respecter une distance de trente centimètres entre chaque plante et arroser régulièrement. Je prends une grande inspiration pour me redonner du courage, refixe mon grand chapeau sur ma tête et me remets au travail, l'échine courbe. Que le travail de la terre est précis, délicat et laborieux ! Je ressens un profond respect pour ceux dont c'est le métier. L'autonomie alimentaire me semblait déjà avant l'épidémie un véritable enjeu, afin de ne pas dépendre de circuits longs, chers, et finalement peu fiables en temps de crise. Pouvoir assurer son alimentation soi-même est vraiment une nécessité, et ça l'aurait été tout autant si nous étions restés en ville.

Enfin, les jours passant, nous nous attelons à semer les pommes de terre. Nous avons attendu que les tubercules soient entrés en germes. Étape éreintante, nous avons creusé des trous de quinze centimètres de profondeur environ sur toute la longueur du sillon, après avoir longuement retourné la terre pour bien l'ameublir. Je n'en peux plus. Les tableaux impressionnistes de Jean-François Millet me reviennent en tête, avec leur calme, leur silence et leur noblesse. Ces héros anonymes qui travaillent la terre me parlent aujourd'hui plus que jamais. Je dépose ainsi dans chaque trou les tubercules « bien verticalement, en veillant à ce que le germe soit dirigé vers le haut », me précise Jules. Je m'exécute avec soin malgré la fatigue et les douleurs lombaires. Mes doigts sont abîmés, rougis et incrustés de terre.

Le soir, je sombre sans préavis, immédiatement après avoir avalé ma portion de riz.

Nous passons maintenant nos matinées à arroser nos semis. Cela demande beaucoup d'efforts car nous avons peu de récipients, nous faisons donc de nombreux allers-retours jusqu'à la rivière derrière la maison.
L'après-midi, je lis et je médite sur ma chaise longue,

souvent je sombre dans une sieste délicieuse, bercée par les rayons de soleil du printemps, et ne me réveille que parce qu'une mouche ou une abeille vient bourdonner dans mon oreille.

Je pousse des cris de joie à tue-tête lorsque je découvre les premières peaux vertes des tomates émerger de terre. Nous devons encore les laisser longuement mûrir, mais la transformation prend. Nous avançons dans la saison, nous avons planté les carottes à ce qui nous semblait être la moitié du mois de mai, et nous commençons à récolter certaines plantations, tandis que d'autres se forment encore, lovées au creux de la terre, et que nous continuons à arroser.

Les jours rallongent et les soirées se font de plus en plus belles et chaudes. Je prolonge mes séances de lectures avec de longues balades dans la nature, je m'aventure de plus en plus au-delà de la plaine et m'éloigne du chalet progressivement. Je me retourne régulièrement pour mémoriser mon chemin et je fais de longues pauses contemplatives.

Par les soirs bleus d'été, j'irai dans les sentiers,
Picoté par les blés, fouler l'herbe menue :
Rêveur, j'en sentirai la fraîcheur à mes pieds.
Je laisserai le vent baigner ma tête nue.
Je ne parlerai pas, je ne penserai rien :
Mais l'amour infini me montera dans l'âme [...]

Arthur Rimbaud, *Sensation*

Ces quelques vers me trottent en tête durant ma promenade champêtre. Je me sens de mieux en mieux dans cette nouvelle vie en adéquation avec les éléments. Se pourrait-il que toute cette tragédie ait été un mal pour un bien ? Je repense à la cadence effrénée de mon ancienne vie, au superflu de notre confort, à nos caprices de privilégiés, à nos habitudes au détriment de l'environnement ou du respect de la nature. Je repense à l'esclavagisme des horaires de travail, du réveil impitoyable qui nous sortait de notre torpeur tous les matins, à l'impératif de rentrer un salaire sur nos comptes en banque à la fin du mois, à tout ce que l'on s'imposait. Je repense à nos rêves d'alors : acheter un bel appartement, réussir ma carrière professionnelle, exposer et vendre dans le monde entier, que mon talent soit reconnu et estimé. Ce désir de reconnaissance, ces ambitions me semblent aujourd'hui dérisoires. Comme je me suis trompée ! Comme nous sommes passés à côté de l'essentiel ! Comme nous avons négligé de voir plus souvent les gens qui nous étaient chers. Comme nous avons oublié de prendre le temps de ne rien faire, lire, réfléchir, rêver, méditer...

L'été est bien installé et nous nous levons aux aurores pour travailler la terre avant que les conditions et la chaleur ne soient trop pénibles. Nous récoltons du bout des doigts, sans abîmer les chairs juteuses. Nous désespérons devant les feuilles trouées par les insectes ou celles déjà fanées, qui ont été rattrapées par les températures avant qu'on ne les ait cueillies. Mais dans l'ensemble, la récolte est bonne. C'est un régal de savourer à nouveau des légumes, et des légumes frais, des légumes qui ont surgi de terre à la sueur de nos fronts. Mais Jules s'inquiète déjà pour la suite, comme toujours :
- Si on n'en met pas certains en conserves, on n'aura plus rien cet hiver.
Et voilà, ça recommence, à peine savourée la récompense que nous devons à nouveau travailler dur, penser à l'après, penser à comment survivre quand l'hiver nous immobilisera à l'intérieur du chalet. Et voilà que nous récupérons tous les bocaux en verre à notre disposition et que je les stérilise en les faisant bouillir. Ensuite nous faisons sécher les tomates

longuement au soleil sur des grilles. L'odeur est parfois proche de la pourriture et nous chassons les guêpes qui tentent de se gorger de leur suc. Après plusieurs après-midi exposées au soleil, les tomates se recroquevillent sur elles-mêmes et sèchent. Nous les immergeons dans de l'huile d'olive de ma famille, pour qu'elles marinent dans les bocaux et se conservent plusieurs mois. Nous sommes extraordinairement fiers de notre prouesse, nous les citadins qui avions repoussé le moment de nous mettre à jardiner et cultiver. On ne s'en sort pas mal !

- Mmmh, j'ai hâte de les déguster cet hiver, on va les apprécier, dis-je avec gourmandise.

Cet après-midi, j'insiste pour que nous fassions ensemble une grande promenade exploratrice des environs. L'été dernier, j'avais repéré tout un tas d'itinéraires et randonnées sympas dans le secteur, des lacs et des points de vue incontournables. Nous en avions vus quelques-uns mais pas tous. Jules est d'accord, il marmonne un peu dans sa barbe mais se plie finalement volontiers à cette pause sportive.

Nous partons, nous marchons d'un bon pas. Parfois, je fais exprès de ralentir, contraignant Jules à lever le pied. Il a toujours le nez dans le guidon, a toujours son air sérieux et renfrogné. Je veux qu'il profite du paysage ! Je veux qu'il respire à pleins poumons ! J'aimerais lui transmettre ce nouveau sentiment de bien-être qui ne me quitte plus depuis que nous avons fui la ville. Je lui montre plusieurs sommets que je trouve splendides, je mets ma main en visière, éblouie par le soleil. Je lui conseille avec enthousiasme de prêter l'oreille au chant de la nature, des oiseaux, des cours d'eau qui dévalent les vallées. Il est silencieux mais réceptif. Peu à peu il se déride. À un moment, alors que l'on traverse un gué escarpé, il me tend la main pour m'aider à garder l'équilibre. Je la garde fermement dans la mienne et la randonnée prend des airs de pastorale amoureuse. Je visualise une de ces scènes champêtres et légères de François Boucher au XVIIIe siècle, la frivolité et la poésie de la nature qui prête son décor aux amourettes paysannes.

Nous arrivons près d'un cours d'eau. Il fait une chaleur écrasante. Jules ôte son sac à dos qui pèse sur ses épaules mouillées de sueur. D'humeur légère, avec une fausse désinvolture, je me déshabille, prétextant une envie irrésistible de me rafraîchir dans la rivière. Jules me regarde d'un œil, interloqué. J'ôte un à un tous mes vêtements et entre dans l'eau glacée en poussant des cris.
- Allez viens ! Dis-je. Ça fait un bien fou tu vas voir.
Jules reste immobile, les poings sur ses hanches, indécis. Puis finalement à force que j'insiste, il se déshabille lentement et entre un pied dans l'eau avec crainte. Il pousse un cri d'ours, surpris par la différence de température avec l'extérieur, et j'éclate de rire. Sans lui laisser le temps de se défendre je l'arrose, il réplique en m'envoyant le triple de volume d'eau, et nous nous jetons dans l'eau ensemble dans un élan de courage. L'eau froide sur mon crâne imprègne mes cheveux, engourdit mes lobes d'oreille et me fait l'effet d'un étau de glace sur la tête. J'émerge à la surface et me secoue pour tenter de réchauffer mon corps. Je nage vers Jules et m'agrippe à lui pour que le contact de nos peaux m'apporte un peu de chaleur. Je suis cramponnée à son cou et mes jambes enlacent sa taille. Il marche doucement en me tenant ainsi contre lui, légère. Tout en le défiant du regard je détache mes bras de son cou et fais la planche, les seins dressés par le froid émergent à la surface. Il me porte tout en légèreté jusqu'à la rive, et nous faisons l'amour passionnément, accrochés désespérément comme si on allait mourir. Je suis tellement heureuse de le sentir à nouveau en moi, sentir sa peau sur la mienne, ses bras forts qui m'enlacent, sa bouche qui baise mon cou. Enfin ! Comment ai-je pu me passer de lui si longtemps. Comment a-t-on pu

rester si loin l'un de l'autre tout ce temps alors que nous partagions le même lit ? L'étreinte finie, la chair de poule s'empare de notre peau encore mouillée par l'eau fraîche et caressée par la légère brise. On ramasse nos vêtements et on les dépose un peu plus haut sur l'herbe, au soleil. On se couche dessus l'un contre l'autre et on s'endort paisiblement. Nous sommes absorbés par une sieste sereine, repos du corps et sérénité de l'âme. Ma tête se soulève doucement au rythme de la respiration dans sa poitrine et je m'endors en savourant le contact familier de son épiderme.

La fraîcheur de leurs lits, l'ombre qui les couronne,
M'enchaînent tout le jour sur les bords des ruisseaux,
Comme un enfant bercé par un chant monotone,
Mon âme s'assoupit au murmure des eaux.

Alphonse de Larmartine, *Le vallon*

Jules est redevenu tendre et attentionné comme il l'avait toujours été jusqu'à notre déménagement dans les Pyrénées. Nous rions beaucoup, nous sommes complices et travaillons main dans la main à nos récoltes. En fin d'après-midi quand la chaleur décline un peu, je pars marcher et laisse vagabonder mon esprit dans la vallée. Je ressens une plénitude particulière sur laquelle je peine à mettre des mots. Je repense au confinement à Toulouse durant presque un an : je n'étais plus moi-même. J'étais angoissée en permanence, traquant la moindre information de l'extérieur, la moindre nouvelle de mes proches. J'ai vécu dans l'ombre, en détresse, très seule malgré la force de notre couple. Je n'ai été capable de rien de productif. Je n'ai pas su transformer ce temps libre en matière de réflexion. Je n'ai pu que souffrir et compter les jours jusqu'à la reprise de notre ancienne vie. Aujourd'hui j'ai perdu beaucoup, mais j'ai l'impression de m'être retrouvée. Est-ce un déni de la réalité sordide qui ronge le reste du Monde ? Une forme d'égoïsme que d'oublier les souffrances du reste de l'humanité ? Peut-être oui. Mais je n'ai jamais été aussi libre, libre de mes pensées, elles ne sont plus enchaînées aux paramètres extérieurs par la force vicieuse qu'est la peur. Je suis libérée de la dépendance aux paramètres extérieurs que l'on ne contrôle pas : l'électricité qui disparaît, nous laissant anéanti, internet qui n'est plus qu'un douloureux souvenir, le téléphone devenu muet, l'eau qui ne s'écoule plus. Tout cela ne me concerne plus. Je ne vis plus accrochée à l'espoir que les éléments extérieurs refonctionnent, mon bien-être ne dépend plus de ce que je ne maîtrise pas.

Alors que je grimpe une colline un peu escarpée, je me retourne en reprenant mon souffle. En bas, j'aperçois le chalet. Tout autour, la nature étend son voile magique tandis que le soleil décline et déverse des couleurs féeriques sur la vallée. Je pense au tableau de Caspar David Friedrich, *Voyageur au-dessus d'une mer de nuages* : l'homme de dos surplombe un océan vertigineux de vide, entouré et absorbé par la nature. Le paysage exerce son attraction magique, à la fois dangereux et séducteur. Je me sens transpercée par la nature, imprégnée par elle, j'en ressens les vibrations, à tel point que les larmes me viennent presque aux yeux.

Je ressens une intuition de plus en plus forte et pose une main sur mon ventre. Je sais à cet instant que je porte la vie en moi.

PARTIE III

La reconstruction

J'

AI ATTENDU plusieurs jours afin d'être sûre.

Rapidement, la certitude s'est renforcée. Mes seins me font mal, l'odeur des tomates séchées me donne des nausées. Je ne pense qu'à dormir, à n'importe quelle heure. Le moment est venu de l'annoncer à Jules.

Un soir, j'attends sagement assise autour de la table du séjour que Jules termine son travail dans la remise. Il rentre, en nage, et m'adresse un sourire tandis qu'il va se servir un verre d'eau. Je noue mes poings et prends une profonde inspiration, pour lui signifier qu'une discussion importante s'annonce.

- Qu'est-ce qui se passe ? Demande-t-il face à cette attitude inhabituelle.

- Je suis enceinte.

Silence. Puis :

- Tu es sûre ?

- Oui.

Il accuse la nouvelle, tire une chaise lentement et s'assoit. Il frotte sa barbe avec ses mains, enfouit son visage dedans, la nervosité le gagne, son genou droit s'agite de plus en plus vite, et il déclare :

- Bon, on va trouver une solution.

- Comment ça ?

- Tu ne peux pas le garder, Faust, c'est trop dangereux.

Je m'attendais à tout sauf à ça. Je bondis, furieuse :

- Mais tu es fou !

Le ton monte :

- Faust, tu as vu dans quelles conditions on vit ? On survit déjà difficilement !

- Je m'en fiche, dis-je d'un ton sans appel. On fera comme on a toujours fait jusqu'à maintenant.

- C'est-à-dire ?

- Improviser, s'adapter au jour le jour, étape après étape.

Il part d'un rire cynique :

- Bien sûr oui, et je vais m'adapter comment quand il faudra que je t'accouche ? Tu as pensé à ça ? Faust, je suis pas médecin !

- Tu n'es pas médecin mais tu envisages de me faire Dieu sait quoi pour m'enlever ce qui pousse dans le ventre ! Tu te rends compte que ton discours n'est pas logique ? J'ai tout autant de risque de mourir d'une infection en essayant d'avorter !

Jules devient fou, il se lève en faisant tomber sa chaise, il fait les cent pas, tourne en rond, prend sa tête entre les mains. Je ne l'ai jamais vu comme ça, c'est notre première dispute sérieuse depuis que nous sommes ensemble. Cela m'impressionne énormément, jamais le ton n'est monté jusqu'ici, jamais je ne l'ai vu perdre son sang-froid. Subitement, il redevient doux, parle à voix basse, s'approche de moi qui suis toujours assise, et s'agenouille. D'une voix suppliante, il dit :

- Faustine, j'ai peur de te perdre, tu comprends ? Qu'est-ce que je t'ai fait... C'est ma faute. Sans toi je vais pas m'en sortir...

Il baisse la tête et l'enfouit sur mon ventre, je pose mes mains et lui caresse les cheveux pour le calmer.

- Ça va aller. Je ne suis pas malade. Je n'ai pas peur. Je suis heureuse, moi.

Il lève la tête, surpris :

- C'est vrai, tu n'as pas peur ?

Je fais signe que non et lui souris pour me donner consistance.

- Comment tu peux être aussi insouciante, siffle-t-il entre ses dents.

Il se relève comme un diable et recommence à tourner dans la pièce, en levant les bras et criant :

- C'est quoi ton projet de vie pour lui, Faust ? Il n'ira jamais à l'école, jamais à l'université ! Il ne sortira jamais avec des amis ! Tu crois que tu vas lui offrir quelle vie dans ces conditions ?

Je bredouille :

- J'ai pas réfléchi aussi loin... Je lui ferai la classe, je lui apprendrai à lire...

- Voilà, t'as pas pensé aussi loin ! Depuis qu'on est arrivés ici, je te reconnais plus ! Madame n'a jamais été aussi heureuse que depuis qu'on est tout seuls paumés à mille cent mètres d'altitude et qu'elle se salit les ongles dans le potager ! Et ça sirote des infusions et ça lit de la philo ! Mais oh ! Il y a des réalités Faustine ! Redescends sur terre, responsabilise-toi !

Cette fois, c'est moi qui perds patience, je me lève à mon tour et je crie en le pointant du doigt :

- Maintenant c'est toi qui vas m'écouter ! Oui je vais bien, oui je suis heureuse depuis qu'on est ici et je n'ai pas à culpabiliser ! Je me sens libérée de l'attente, de l'espoir que tout reprenne, je n'attends plus rien, j'ai fait mon deuil de tout ce qu'on avait, de tout ce que j'espérais pour ma carrière, mon deuil de tout, même de l'idée de revoir un jour les gens que j'aime ! Je savoure chaque jour comme une chance sans penser à demain ! Je me sens en harmonie avec ce lieu et ma vie a d'autant plus un sens maintenant que je vais donner la vie ! C'est toi qui n'es plus le même Jules ! Depuis qu'on est ici tu es insupportable, sombre, tu ne ris plus, tu portes la misère du monde sur ton dos ! J'ai l'impression que je t'ai perdu. Qu'est-ce qui se passe à la fin ?

Il tourne encore en rond, de plus en plus décontenancé, et je donne l'assaut final :

- Qu'est-ce qui s'est passé le dernier soir à Toulouse ? Comment as-tu eu ces sacs de riz ?

Il s'immobilise, choqué par ces mots. Silence. Il voit à mon regard que je ne battrai pas en retraite. Il me menace de l'index :

- Tais-toi, ne parle pas de ça !
- Si, il le faut ! Tu dois me le dire Jules !

Il hurle, m'ordonne de me taire, prend sa tête entre ses mains et la serre de toutes ses forces comme pour la faire exploser, je suis terrorisée mais je ne montre pas de signe de rédemption. Je ne lâcherai pas, il faut que je sache. Alors, il explose en sanglots sous mes yeux effarés. Je ne l'ai jamais vu pleurer. Il s'écroule, assis, les coudes posés sur la table, le visage enfoui entre ses mains, et tout son corps se secoue. Il craque complètement, tout retombe. Tous ces mois de frustration. Je viens près de lui et lui caresse le dos, l'embrasse, essaie de sécher ses larmes, l'incite à me parler.

Il me dit alors que ce soir-là, il est parti au hasard de la ville abandonnée pour essayer de trouver des informations et de la nourriture, puisque l'armée ne venait plus nous ravitailler. Il a traversé la Garonne et est passé rive droite dans ce qui était avant l'hypercentre touristique de Toulouse. Tout semblait désert, et il a erré, hagard, au milieu des poubelles et des rats. Alors, dans une ruelle jadis très commerçante et animée, pas loin de la Place du Capitole, il a vu sous un porche un type qui lui faisait des signes discrets.

- Tu cherches quoi ? Médicaments, nourriture, drogue ?

Jules s'est approché tout en respectant une certaine distance de sécurité au cas où le dealer serait malade.

- Je cherche à manger, a dit Jules en toute honnêteté. L'armée...
- Ouais, y a plus personne, on peut crever, a répondu le type en toussant et crachant.

Jules a compris à ce moment-là que, par une loi universelle d'offre et de la demande, les vivres étant devenues denrée rare, un système de contrebande s'était organisé.

- Suis-moi, a sifflé le type en jetant des regards autour de lui.

Jules me dit qu'à ce moment-là, il n'avait pas d'alternative, car tout était désert et que c'était la seule personne vivante qu'il avait croisée.

- Le gars m'a entraîné à l'arrière d'une cour miteuse, me raconte Jules. Là, il y avait trois autres types qui faisaient un feu, fumaient de la drogue et parlaient à voix basse. J'ai tout de suite remarqué qu'ils avaient un fusil de chasse.

Le dealer a sifflé pour les prévenir de leur arrivée et la poignée de survivants a dévisagé Jules. Ils n'avaient pas forcément l'air de marginaux, ils avaient l'air de gens « comme toi et moi, mais qui avaient tout perdu et n'avaient plus rien à risquer ».

On a demandé à Jules ce qu'il voulait, si du riz ça irait, et combien il avait en espèces. Jules, l'incarnation de la diplomatie et de l'honnêteté, qui n'avait jamais été capable de truander même un camarade de classe pour obtenir un bonbon, a commencé à évoquer timidement un montant de transaction. Mais à ce moment-là, un autre rabatteur a pénétré dans la cour. Il a ramené un homme d'une quarantaine d'années totalement paniqué. Le client était très agité, il parlait précipitamment :

- Il me faut à manger ! J'ai trois enfants ! Ma femme est morte !

Les contrebandiers l'ont repoussé immédiatement en le menaçant :

- Calme-toi mec ! Reste loin ! Un mètre cinquante de distance minimum ! Ta femme elle est morte de quoi ? Elle avait le virus ?

L'homme n'était pas en mesure de raisonner, il s'agitait de plus en plus, tenait des propos désordonnés et transpirait, fébrile. Jules a tenté de calmer la troupe :

- C'est bon, il y en aura pour tout le monde. Pas de souci, on peut partager.

- J'ai pas d'espèces, a crié le père de famille, les distributeurs ne fonctionnent plus ! Je vous en supplie, j'ai trois enfants, ils ont faim, ils attendent que je rentre à la maison !

Il était de plus en plus agité et le ton est monté, les vendeurs ont commencé à s'avancer vers lui en faisant barrage et en le repoussant en arrière.

- C'est pas l'armée du salut ici, si t'as pas d'argent tire-toi !

Jules a essayé d'intervenir en les raisonnant :

- C'est bon, je vous achète tout votre riz, Monsieur je vais vous en donner, attendez...

Le père avait cédé à la panique, il gesticulait, criait, proférait des insultes, il voulait passer la barrière pour atteindre la réserve de riz disposée à l'arrière de la cour. Les types voulaient le contenir mais sans le toucher de peur d'être contaminé, tout le monde hurlait, les coups de poing partaient, Jules restait tétanisé, tout avait dégénéré si vite, et en une seconde un tir a retenti et le père de famille s'est écroulé. Le silence est retombé et l'un des types a dit :

- On n'est pas l'armée du salut...

Jules est tombé à genoux, profondément choqué. Jamais il n'avait vu un homme mourir sous ses yeux. Le rabatteur l'a réveillé d'un ton sec :

- Tu veux le riz ou pas ?

- Je voulais plus rien de ces salauds, Faust, mais j'avais pas le choix. Et ces gamins qui attendaient que leur père rentre à la maison... j'aurais dû intervenir, j'aurais dû m'en mêler... mais j'ai pensé qu'à nous, qu'il fallait qu'on s'en sorte, qu'on se barre d'ici et qu'on ait de quoi manger.

Je reste un moment silencieuse et je déglutis, je cherche les bons mots. Il ne pleure plus mais il secoue la tête doucement avec un air triste, il renifle et passe son visage dans ses mains.

- J'aurais dû demander au rabatteur s'il connaissait son adresse, j'aurais dû apporter le riz aux gamins...

- Tu as fait ce que tu as pu sur le moment, dis-je. Tout cela a été très rapide et très soudain, tu n'étais pas en mesure de raisonner avec toute ta lucidité.

Il a un petit rire cynique :

- Je vois pas comment je pourrai être un bon père.

- Tu seras un bon père, dis-je.

Jules soupire, enfouit sa tête dans ses mains et murmure :

- On n'est même plus des hommes... L'humanité est morte. C'est avec cette idée que je vis depuis qu'on a fui la ville, c'est pour ça que je ne crois plus en rien.

Jules s'est délesté de son fardeau et va mieux. Il est parfois encore un peu mélancolique. Je comprends qu'il s'est interdit toute légèreté, tout moment d'insouciance et de plaisir pour se punir. Il s'est levé, chaque jour, pour travailler dur pour assurer notre survie, et c'est tout. Quelque chose l'a quitté, quelque chose qu'au contraire, j'ai trouvé ici : la foi. Il ne croit plus en la possibilité de rédemption de l'humanité, il ne croit plus en de meilleurs lendemains. J'ai l'espoir que les choses s'améliorent maintenant que l'abcès est percé. Je le rassure beaucoup et lui parle de mes lectures, de la sagesse que j'y trouve et de la beauté de l'âme humaine capable d'écrire avec tant d'intelligence.

Jules m'appelle depuis l'extérieur, d'une voix affolée. Comme je lève la tête de mon cahier, il déboule dans la pièce, en panique :

- Des gens arrivent ! Vite, cache-toi !

- Des gens ? ! Ils sont combien ? Ils sont armés ?

Jules nous barricade à clé, tire le rideau devant la fenêtre du séjour. Il cherche un couteau dans la cuisine. Il rage de ne pas avoir emporté le fusil de chasse qu'il a vu dans l'une des maisons qu'il a visitées.

- Je voulais pas d'arme chez nous, grommelle-t-il. Mais comment je vais te protéger...

Il commence à dire que peut-être, ce sont des habitants que nous avons cambriolés qui sont rentrés chez eux et ont trouvé son mot avec notre adresse, et qu'ils viennent réclamer ce qu'on leur a pris.

- Calme-toi, dis-je. Chut, ne bouge plus.

On se tait. Je veux m'approcher de la fenêtre pour voir si ces gens viennent dans la direction du chalet, mais Jules m'ordonne de faire marche arrière, de ne pas me montrer. Avec précaution, il bouge le rideau de quelques millimètres, fronce les sourcils, et bégaie, incertain :

- C'est... c'est Victoria !

Mon cerveau n'assimile pas immédiatement l'information. Je ne réagis pas. Pourtant Jules répète ce nom plusieurs fois, à mesure que les visiteurs se rapprochent, jusqu'à le crier :

- Faust ! C'est Victoria !

Je sors de ma torpeur et une émotion me submerge littéralement, je sors en trombe de la maison et court jusqu'à perdre haleine, les larmes me montent aux yeux. J'aperçois nettement sa silhouette et celle d'un homme à une centaine de mètres. Quand elle me voit accourir, Victoria lâche son sac à dos et court aussi à ma rencontre. Le choc de nos corps est surréaliste, on pleure, on rit, on hurle d'excitation comme à l'époque où on se retrouvait sur le quai de la gare de Toulouse ou Paris sans se soucier des voyageurs effarés autour de nous. On se sépare, se tient les bras pour se dévisager, être sûres, on se serre à nouveau en criant. Je touche ses longs cheveux noirs, pose ma main sur sa joue, j'ai besoin d'être certaine que ce n'est pas un mirage. Elle a changé, mais elle s'étonne aussi :

- Faust, tu es tellement maigre !

Sa remarque me secoue car je réalise que je ne me suis pas souciée une seconde de mon apparence physique depuis des lustres. Et nos repas étant très frugaux, il se peut effectivement que j'aie beaucoup changé. Quand j'ai repris mes esprits et que j'arrive à articuler des phrases cohérentes, je la presse :

- Mais qu'est-ce que tu fais là ?

- Ça te fait pas plaisir ? C'est vrai, j'ai oublié de prévenir...

On éclate de rire. Jules nous a rejointes et l'embrasse chaleureusement. Victoria nous présente son compagnon de route, Hugo. Je prends enfin le temps de le détailler : il est très grand, bâti avec force, il a une longue barbe châtain, une mâchoire carrée, et un bandeau sur la tête comme un athlète grec. Tous deux portent d'énormes sacs à dos. On les invite à venir poser leurs affaires au chalet et je sers des sirops d'orgeat et des menthes à l'eau à tout le monde. Les heures défilent dans la liesse générale, Hugo aide Jules à nous préparer quelque chose à dîner, parce que Victoria et moi n'arrêtons pas de nous parler comme des adolescentes qui rentrent de vacances excitantes. Le dîner et la soirée sont merveilleux. Il est difficile de décrire le bonheur d'un moment de partage, de la sonorité exaltante d'éclats de rire insouciants, du brouhaha lorsque l'on part dans une discussion où chacun s'exprime en même temps, la stimulation d'un débat. Une vie sociale. Ce soir, j'ai véritablement l'impression que tout est normal, tout est comme avant.

Victoria raconte qu'à Paris aussi, l'armée a cessé de ravitailler les survivants. Les quelques personnes cloîtrées chez elles sans nourriture n'avaient pas d'autre choix que de sortir tenter d'en trouver. Elle a donc rassemblé le nécessaire et a quitté son appartement. Elle a retrouvé Hugo, qu'elle connaissait par son club de crossfit, et qui est kinésithérapeute de profession, dans une réunion de contrebandiers où on s'échangeait des vivres.

- On a longuement discuté. On était chacun livré à lui-même, totalement seul et sans nouvelles de personne. On a décidé de rester ensemble, mais de ne pas rentrer chez nous. On a décidé de marcher jusqu'à ce qu'on trouve des survivants, des gens qui voudraient essayer de remonter la société.

Mais ça n'a pas été une mince affaire. Des survivants, il y en avait. Mais le peu d'hommes et femmes restants, au lieu de s'entraider, s'entre-tuait pour la nourriture ou par peur d'être contaminé.

- C'était impossible d'approcher des gens et de les raisonner, explique Hugo. Aussitôt on se faisait menacer de se faire descendre. Les gens étaient fous, totalement en prise à la peur.

Victoria acquiesce et continue de relater leur histoire :

- Un soir, alors qu'on cherchait comment se procurer à manger, on est tombés sur un repaire de l'armée. On a découvert une caserne gardée par des militaires. On s'est approchés le plus discrètement possible. Et là, l'horreur.

- On a découvert, continue Hugo, que l'armée retenait des dizaines de gamins enfermés.

Jules et moi avons le même regard de stupéfaction. J'ai la chair de poule.

- Des gamins ?

- Oui, dit Victoria, des gamins de tous les âges. On a pensé qu'ils avaient reçu l'ordre du gouvernement, ou pris l'initiative, d'enfermer les enfants parce qu'ils sont potentiellement des porteurs sains. J'imagine que pour enrayer cette pandémie qui n'en finit plus, ils sont passés à la vitesse supérieure. Au mépris des droits universels les plus fondamentaux, ajoute-t-elle.

Je sens son instinct de juriste bouillonner, je vois qu'elle fait un effort surhumain pour ne pas exploser d'injures et de colère. Hugo raconte alors que Victoria et lui ont décidé de monter une sorte de Résistance. Au fil des jours, au fil de leurs rencontres avec des survivants, ils ont réussi à se lier avec des parents désespérés.

- On a formé au début une toute petite cellule, dit Victoria. Petit à petit, on était de plus en plus nombreux. Des gens seuls, qui n'avaient plus rien à perdre, se sont ralliés au groupe. Et des parents, bien sûr, qui espéraient encore retrouver leurs enfants.

Je suis véritablement sidérée. Est-ce qu'il s'est passé la même chose à Toulouse et ailleurs ? Est-ce pour cela que nous n'avons plus été ravitaillés du jour au lendemain ? J'étais à mille lieues de soupçonner toute cette violence. Victoria raconte qu'une fois le groupe formé, une structure et un plan d'attaque se sont organisés. Ils ont réussi à infiltrer la caserne et à faire libérer les enfants.

- Il y a eu des pertes, dit Victoria en baissant les yeux.

Je comprends qu'ils ont vécu des choses terribles, pendant que Jules et moi plantions nos carottes et nos petits pois.

- À partir de cette première victoire, dit Hugo, Vic et moi avons décidé de parcourir le pays à la recherche de survivants et on a continué à libérer des gamins un peu partout. On a marché des semaines. On est arrivés jusqu'à Lyon.

À ce mot, je me redresse, à l'affût d'une information sur ma famille. Victoria devine et baisse les yeux, gênée.

- Je suis passée chez tes parents Faust, je me rappelais très bien où ils habitaient. Mais on ne m'a jamais ouvert, je suis désolée. Et je ne connais pas l'adresse de ta sœur...

Je hoche la tête doucement, compréhensive. Jules se lève et allume un feu de cheminée. Nous devons être courant septembre et ici le soir, le froid tombe rapidement. Le foyer est chaleureux et nous nous sentons si bien que les confidences viennent naturellement, comme si on s'était quittés la veille.

- Nous avons ensuite poursuivi jusqu'à Toulouse, explique Hugo. Encore une ville fantôme.

- Je suis immédiatement allée voir chez vous, dit Victoria avec exaltation. J'ai demandé à Hugo de défoncer la porte, je voulais à tout prix monter, j'avais peur que vous soyez chez vous mais en grande difficulté.

Entendre parler de notre appartement à Toulouse me semble totalement irréel. Les mots entrent à toute vitesse par une oreille et sortent de l'autre sans que mon cerveau ne les analyse. J'ai même du mal à le visualiser alors que j'y suis restée prisonnière presque un an. Tout ça me semble très loin et pourtant, « ça » existe toujours.

- Tout était normal, poussiéreux, mais vous n'étiez pas là, dit Victoria. Alors j'ai espéré de tout mon cœur que vous soyez partis au chalet. Heureusement que j'étais venue passer une semaine ici l'été dernier ! J'ai persuadé Hugo de faire un énorme détour pour venir voir si vous y étiez. On a dû laisser la cellule de Résistants en autonomie sans nous. C'était de la folie mais bon... Il fallait que je sache si vous étiez en vie.

À ces mots je me mords la lèvre et m'efforce de ne pas laisser monter les larmes à mes yeux, je déborde de bonheur.

Nous avons parlé longuement tous les quatre jusque très tard dans la nuit. Puis nous avons installé comme on a pu des lits de fortune dans le séjour. Jules nous a laissé la chambre, à Victoria et à moi, parce que nous ne pouvions pas fermer l'œil et que nous voulions rester ensemble pour parler toute la nuit.

Une fois dans la pénombre, j'ai allumé une bougie et l'ai posée sur le chevet. Victoria s'était assise dans le lit, après avoir joui des bienfaits d'une douche et d'un repas complet. Alors que je me glisse dans ma chemise de nuit, elle chuchote :

- Je suis tellement heureuse de t'avoir retrouvée Faust.

Je souris et dis :

- Restez pour toujours !

Elle rit.

- Je suis sérieuse. Vous pourriez vivre avec nous ! Ou vous installer dans une de ces maisons totalement abandonnées à quelques kilomètres d'ici ! On serait voisins, on s'entraiderait. On remonterait petit à petit une communauté.

- C'est impossible Faust, dit Vic en secouant la tête négativement avec détermination.

Je crie presque :

- Mais pourquoi ? ! Vic, ici c'est pas Paris, c'est vrai, mais je te jure que je n'ai jamais été aussi heureuse ! C'est merveilleux de vivre au rythme des éléments. On travaille la terre, on apprend l'humilité, on mange les fruits de notre labeur, on prend le temps de se reposer, lire...

Vic me coupe la parole :

- Je sais tout ça, Faust. Je suis heureuse de te savoir heureuse. C'est vrai que tu as changé. Je te trouve... accomplie. Je me rappelle parfaitement les vacances magiques que j'avais passées ici. Mais ce n'est pas le problème.

- Mais pourquoi ? Dis-je, au désespoir de l'imaginer repartir.

- Faust, l'Histoire est en marche. On traverse un tournant sans précédent dans l'histoire de l'humanité. Il y a des gens, comme Hugo, comme moi, qui doivent se battre. Tu comprends ? On a le devoir, je sais pas comment l'expliquer, mais on sait qu'on *doit* le faire. On doit sauver ces gosses, Faust. Les enfants sont notre dernier espoir : ils ont l'innocence, la pureté de la génération qui n'a pas été touchée par le vice. Ce sont eux qui vont devoir rebâtir la société de demain. On doit les libérer, la vie doit continuer, ce sont eux qui vont tout reconstruire.

J'acquiesce avec douleur, mais réprime difficilement mes larmes. Soudain, Vic met sa main sur la mienne, une lueur folle dans les yeux :

- Mais vous, venez avec nous ! Ensemble on peut écrire la suite de l'histoire ! Soyez des héros anonymes comme nous ! Donnez du sens à cette épreuve que Dieu nous impose, battez-vous pour que l'humanité reprenne ses droits !

Je déglutis et détache doucement ma main de la sienne et la pose sur mon ventre :

- Je ne peux pas, Vic.

Elle me regarde sans comprendre. Je dis :

- Je ne peux pas vous suivre, je ne peux pas me battre. J'ai des responsabilités maintenant. Je suis enceinte.

Elle ouvre la bouche, puis met sa main devant, sonnée, avant d'éclater et me serrer dans ses bras, folle d'excitation :

- Mais c'est merveilleux !

- Oui, oui, je crois... C'est aussi de la folie...

- Non, au contraire ! Je viens de comprendre. C'est *ta* mission.

Elle pose sa main sur mon ventre :

- Désormais tu es plus précieuse que tout Faust, tu portes l'espoir d'un nouveau monde ! Tu dois absolument élever cet enfant, je te fais confiance. Et l'éduquer, surtout. Voilà l'enjeu le plus important.

Elle m'explique qu'une fois les enfants libérés, il ne faut pas les laisser errer, livrés à la survie par eux-mêmes. Il est crucial de monter de petites structures pour les encadrer et surtout les éduquer, leur apprendre comment reconstruire une société basée sur les justes valeurs.

- Tu as un petit sauveur dans le ventre, dit bêtement Victoria, et on éclate de rire.

- Et toi, avec Hugo ?

Elle a son petit sourire en coin et son regard baissé que je lui connais bien.

- Il est bien... Bon, il est super ! Inespéré. Dire que je le croisais presque tous les jours au crossfit. Cette aventure nous aura révélé à quel point nous sommes similaires.

- Vous êtes ensemble alors ?

Elle hausse les épaules :

- Faust, la notion classique de couple est un peu malmenée en ce moment... Je veux dire, on n'envisage pas le mot couple comme « partir en week-end » ou se présenter nos parents... Tu vois ce que je veux dire ? On vit au jour le jour, sans parler d'avenir. Je ne sais pas si on aura la chance de vieillir beaucoup... On a choisi l'action, pas la contemplation.

À cette dernière phrase, je la sermonne vivement, lui faisant promettre qu'elle vivra très longtemps et ne m'abandonnera jamais.

Nous passons la nuit entière à parler de choses plus insouciantes. On se remémore des souvenirs de nos années étudiantes à Paris, de vieux fous rires, d'anciens petits amis.

- Tu te souviens de Gaël ? Mais si, le mec avec qui t'étais sortie, qui collectionnait les chaussures ! Qu'est-ce qu'il a dû devenir ?

- Le fétichiste des pieds ?

On pleure de rire. Mais au fond, je tressaille. On sait que la vraie question n'est pas : « qu'est-il devenu ? » « mais tu penses qu'il est toujours vivant ? ». Cependant, un peu de légèreté nous fait un bien fou, nous ramène à une époque lointaine et confortable. Tout nous semble normal durant ces quelques heures de complicité. On finit par sombrer alors que les premières lueurs du jour percent par la fenêtre.

Vic et moi dormons jusqu'à midi. Quand on émerge, les garçons sont dehors, Jules montre le potager à Hugo en lui expliquant vivement des tas de choses. Je ne l'ai pas vu aussi heureux depuis des mois. J'entends d'ici que leur conversation dérive sur des sujets de l'ancienne vie, le sport, le football, la glisse. Vic se lève en souriant, se dirige vers la cuisine. Elle pose une main sur mon ventre lorsqu'elle me dépasse.

- Ça te dit une grande balade ? Dis-je. Je voudrais te montrer l'étendue de notre domaine.

Elle rit.

- Avec grand plaisir, même si on n'est pas privés de marche ces derniers mois avec Hugo !

- Ce sera contemplatif.

Je lui adresse un petit clin d'œil en référence à ce que j'avais pris un peu comme une critique. Nous ne sommes pas dans l'action, Jules et moi. Cela me rappelle au lycée lorsque nous avions étudié la Seconde Guerre Mondiale. Le professeur d'histoire avait expliqué que certains ont collaboré, une poignée a résisté, et la grande majorité du commun des civils a essayé de traverser la crise en restant vivants, tout simplement. Jules et moi ne serons pas des héros de l'histoire, je l'accepte. Nous n'aurons pas de grande destinée. Nous formerons notre foyer et tenterons de continuer coûte que coûte.

Nous saluons les garçons et partons explorer les environs. Je choisis volontairement des points de vue surélevés que j'affectionne tout particulièrement et qui offrent des vues spectaculaires sur la vallée et ses sommets. J'espère encore la faire changer d'avis, qu'elle cède au confort et la sécurité de s'installer ici et de mener une vie simple mais prospère. Victoria est plutôt silencieuse, bien qu'elle sourit. Je suis toujours impressionnée par sa forme physique. Elle est très sportive. Je ne suis pas étonnée qu'elle puisse traverser la France à pied. Elle a une endurance, une détermination féroce et un mental d'acier.

- Tu as toujours cru que j'étais forte, dis-je, mais c'est réellement toi l'héroïne de cette histoire.

- Ne dis pas de bêtise, Faust. Je suis peut-être têtue et imprégnée de justice, mais toi tu es une artiste, c'est beaucoup plus noble. Tu crées de la beauté, de l'espoir, du rêve. D'ailleurs, tu en es où de ton travail ?

Je baisse la tête, gênée, me demandant comment éluder la question. Je finis par avouer, honteuse, que je n'ai rien fait depuis plus d'un an, que j'ai totalement abandonné les armes. Victoria me passe un savon carabiné. Je m'exclame mollement :

- Mais à quoi bon ? À quoi ça sert, Vic ? Tu crois qu'un jour une galerie ouvrira dans ce trou paumé et qu'un collectionneur lancera ma carrière ? C'est fini tout ça !

- Alors là, Faust, je suis obligée de t'engueuler très sévèrement. Premièrement, merde ! T'as du talent ! Gâche pas tout, n'abandonne pas ! Tu as une capacité de renouvellement extraordinaire ! Adapte-toi à ce cadre, à ces nouvelles conditions, bats-toi à ta manière ! Ensuite, on ne crée pas par besoin de reconnaissance. On s'en fout de ta carrière internationale. Il s'agit de t'exprimer et de te réaliser.

- Mais est-ce que je peux m'autoriser une telle légèreté par les temps qui courent ?

- Oui et cent fois oui ! Et tu peux t'engager avec l'art. Picasso a peint *Guernica* je te rappelle, pendant la guerre civile espagnole !

J'éclate d'un faux rire.

- Oui... Je ne suis pas Picasso.

- Alors fais comme Matisse ! Il a peint toute sa vie comme s'il n'avait jamais connu la guerre, il a peint des natures mortes et le papier peint de son salon alors que dehors il tombait des bombes, et pourtant c'est un génie incontesté. Alors pas d'excuse. Tu ne seras accomplie que lorsque tu auras trouvé comment t'exprimer ici.

Je reste muette. Comme d'habitude, nos précieux débats me laissent songeuse et je sais que ses paroles vont me remuer pendant des jours et des semaines. Elle respire profondément en admirant la beauté du paysage.

- Dieu est vraiment partout autour de nous, je sens sa présence ici plus que nulle part, dit-elle mystérieusement. Je sens qu'il veille sur toi, ça me rassure.

Je devine qu'elle pose le coin de l'œil sur moi pour guetter ma réaction. Alors j'avoue à demi-mot :

- C'est vrai que depuis que je suis ici je ressens quelque chose... Je ne sais pas comment dire... Je sens une présence...

- Mystique ?

J'acquiesce. Je peux nettement ressentir sa satisfaction. Elle qui a la foi depuis longtemps, n'a jamais tenté de me convertir mais espère secrètement, je pense, que je trouverai cette ressource et cette force en moi.

Victoria et Hugo sont restés une semaine, pour notre

plus grand bonheur. Puis les températures ont fortement chuté d'un coup, et Hugo a dit qu'il fallait qu'ils repartent avant de se retrouver encerclés par la neige, ce qui rendrait leur expédition plus difficile. Ils vont se diriger, nous dit-il, vers le sud-est et faire étape à Montpellier.

Nous avons passé des jours merveilleux, en totale harmonie. Jules est métamorphosé par ces échanges, ces moments de partage. J'ai l'impression qu'il a repris espoir en l'homme. À l'idée que l'on se retrouve à nouveau isolés, je souffre profondément mais en silence. J'espère qu'ils reviendront vite. J'espère que nous rencontrerons d'autres personnes qui vivent seules dans la vallée et que petit à petit nous reformerons un groupe.

Avant de partir, Victoria me bénit, me fait mille recommandations mais ajoute « qu'elle ne s'en fait pas, que je suis entre les mains de Dieu », elle prophétise que nous aurons un fils, et elle m'offre un petit livre de poche sur le philosophe Spinoza. À l'intérieur, elle a écrit « Pour mon étoile ». Je suis très émue.

- J'espère que ça te donnera des éléments de réponse, dit-elle simplement. Je l'avais toujours sur moi, désolée, j'ai souligné plein de passages. Tu vas avoir besoin de sagesse.

- Et toi de poésie, dis-je.

Je cours jusqu'aux étagères où sont rangés les livres que je consulte le plus souvent, sélectionne Les Méditations poétiques de Lamartine.

- Ton préféré ? Devine Victoria en prenant le livre froissé et corné. Je ne peux pas te séparer de lui.

- Je l'ai presque entièrement recopié, dis-je en rougissant un peu.

Arrive le temps des embrassades, des promesses et des adieux. Je les regarde s'éloigner jusqu'à ce qu'ils soient hors de ma vue, c'est très dur, je prie intérieurement pour qu'ils nous reviennent. Jules passe sa main dans mon dos pour me réconforter, il sait qu'encore une fois, j'ai l'impression de perdre quelqu'un de ma famille.

> *Je suis d'un pas rêveur le sentier solitaire,*
> *J'aime à revoir encore, pour la dernière fois,*
> *Ce soleil pâlissant, dont la faible lumière*
> *Perce à peine à mes pieds l'obscurité des bois !*

> *Oui, dans ces jours d'automne où la nature expire,*
> *À ses regards voilés, je trouve plus d'attraits,*
> *C'est l'adieu d'un ami, c'est le dernier sourire*
> *Des lèvres que la mort va fermer pour jamais !*

Alphonse de Lamartine, *L'Automne*

Pour prolonger encore un peu la présence de Victoria à mes côtés, je me plonge dans le livre qu'elle m'a offert. Nous vivons les derniers jours ensoleillés, les journées raccourcissent, le vent fait danser des ballets de feuilles mortes dans la vallée. Bien habillée, je fais ma promenade quotidienne et choisis chaque fois un point de vue différent où me poster pour lire.

Selon Spinoza, il faut renoncer à l'idée d'une représentation anthropomorphique de Dieu : il n'aurait pas forme humaine mais serait un tout infini et partout. Dieu n'est rien d'autre qu'un Être absolument infini, composé d'une infinité d'attributs. Il désigne l'ensemble du réel ou la Nature. *Deus sive Natura* : Dieu ou la Nature.

Je lève les yeux de mon livre et médite sur cette dernière formule, en essayant de ressentir la présence mystique dans le paysage qui m'absorbe et m'enveloppe. Je comprends mieux pourquoi Victoria tient à ce que je le lise. Il semble qu'elle essaie de révéler un pressentiment que j'ai déjà en moi depuis que je vis parmi l'élément naturel.

Le rideau blanc de l'hiver est tombé sur le paysage et

nous sommes à nouveau isolés et enfermés dans le chalet. Je suis enceinte de trois mois et je m'arrondis peu, étant de nature svelte et n'ayant pas beaucoup de matières grasses à disposition dans la cuisine. Je me sens solide pour autant, et les nausées ont cessé. J'ai décidé de recommencer à dessiner et peindre. Jules m'a fait de la place dans le séjour, il a poussé la table et les chaises pour que je puisse installer mon chevalet et mes accessoires devant la fenêtre. J'ai recommencé progressivement par des aquarelles et des gouaches, afin de me réconcilier avec la technique. Je peins sur des feuilles ou sur des cartons les sommets enneigés qui s'offrent à ma vue. Si l'aquarelle permet des effets de transparence, j'ai l'impression que la gouache me permet davantage de varier les nuances de blanc en fonction de la lumière que je veux donner à l'ensemble. Jules passe souvent à côté de moi, il compare mon travail avec celui qui s'offre à la fenêtre et m'encourage d'un geste affectueux.

Jules va de mieux en mieux. Il a gagné en sérénité. Je crois qu'il est en paix avec lui-même. Un jour qu'il me regarde peindre, assis devant le feu une infusion à la main et un sourire aux lèvres, je lui demande ce qui le rend si heureux. Il me dit :

- Hugo m'a confié quelque chose de formidable.

Je m'interromps et l'invite à poursuivre.

- Il m'a raconté qu'un jour, alors que Victoria et lui étaient de passage à Toulouse pour nous retrouver, ils ont délivré un groupe d'enfants détenus par l'armée. Et parmi eux, il y avait trois gamins, qui avaient perdu leur père peu de temps avant. Les gosses lui ont raconté que leur père était mort en héros, assassiné par un contrebandier alors qu'il était allé chercher de quoi les nourrir.

Je souris. Jules a les larmes aux yeux et il me dit que cette histoire l'a délivré. Ces enfants s'en sont finalement sortis. Les enfants, Hugo lui a-t-il dit, ont un instinct de survie très fort, et ne voyant jamais leur père rentrer, ils sont sortis et ont rejoint d'autres enfants pour tenter de survivre en groupe. Jules est tellement heureux qu'il essuie ses joues en souriant. Et moi, je ne ressens aucune culpabilité. Car c'est moi qui ai demandé à Hugo d'inventer cette histoire, pour qu'il libère et me rende mon Jules.

Un jour, alors que nous sommes au cœur de l'hiver et que nous nous pensons coupés du monde sur des kilomètres, les chemins étant confortablement ensevelis sous un paquet de neige, je sursaute en regardant par la fenêtre. Mon pinceau reste figé en l'air, j'hésite, fronce les sourcils : il y a bien une silhouette qui descend la vallée. Fortement engoncé dans des vêtements de neige, l'individu lève haut les genoux pour se dégager un passage et se rapproche inexorablement. Je préviens Jules, qui fait le guet un moment, jusqu'à ce qu'il ne fasse plus de doute que cette personne se dirige bien vers le chalet. Il sort alors et me fait signe de ne pas bouger. J'entends nettement une voix de femme crier :
- Bonjour !
- Bonjour, dit Jules. Je suis désolé, ma compagne est enceinte, vous êtes sûre de ne pas être malade ?
Je perçois la réponse :
- Oui, je n'ai vu personne depuis deux ans.
- Entrez alors, excusez-moi, soyez la bienvenue.
Je me lève lorsque je les entends secouer leurs chaussures sur le paillasson, et découvre une femme d'une quarantaine d'années. Elle ôte sa capuche et instinctivement, je souris de contentement. Quel plaisir de découvrir un nouveau visage ! Jules nous présente et l'invite à s'asseoir près du feu pour se réchauffer, et propose d'offrir un thé à la menthe. Christine, c'est ainsi qu'elle s'appelle, accepte volontiers l'invitation.
- J'habite le premier village à l'est, à sept kilomètres d'ici, dit-elle. J'ai longtemps hésité à m'aventurer au-delà, mais l'hiver est rude et mes réserves diminuent. Quand j'ai vu la fumée sortir de votre cheminée, je n'en croyais pas mes

yeux ! Y a bien longtemps qu'on ne croise plus personne dans le coin.

Elle sort de son sac à dos une boîte de six œufs frais qu'elle nous offre en signe de diplomatie :

- J'ai la chance d'avoir encore une poule, explique-t-elle.

Nous prenons la boîte avec bonheur : enfin des protéines ! Nous allons pouvoir varier les menus. C'est incroyable de constater le degré de satisfaction et de plaisir que peut procurer une boîte d'œufs ! Nous la remercions chaleureusement.

- De quoi avez-vous besoin ? Demande Jules.

- On peut se tutoyer, dit Christine.

Les rapports sont plus simples et plus directs quand on ne croise qu'un survivant par an, me dis-je. En effet, on peut sauter les formalités.

Le visage de Christine, rougi par son périple dans la neige, est chaleureux et son regard exprime une grande bonté. Elle a quelques plis sur le visage, baigné par ailleurs d'une certaine douceur. Elle s'exprime avec naturel et calme, ses mots sont comme une caresse. Très vite, je m'enthousiasme à l'idée de fidéliser sa venue et de me faire une amie à proximité. Christine ne peut rester dîner, elle ne veut pas se faire surprendre par la nuit sur son trajet de retour.

- À la nuit tombée, les animaux sauvages sortent. Je trouve toutes sortes de traces de pas dans la neige vers chez moi. Des renards, des loups, et même des ours bruns. Soyez prudents d'ailleurs, lorsqu'ils ont faim, ils s'aventurent parfois jusque dans les chaumières.

J'échange un regard inquiet avec Jules. Il demande :

- Vous avez toujours été du coin ?

- Oui, dit-elle. La montagne, c'est mon domaine. Je n'ai pas eu besoin du confinement et des conditions précaires pour me plier aux difficultés de cet environnement. Cependant, il faut rester à notre place, se rappeler qu'ici nous sommes vulnérables, et rester prudent. Mais la nature peut aussi être très généreuse.

Jules rebondit en disant qu'en effet, elle nous a offert ses fruits, grâce à un laborieux travail de la terre. Il lui parle de notre potager, de nos échecs, de nos réussites. Elle répond spontanément que le printemps venu, elle nous aidera à planter d'autres variétés et à ne pas refaire certaines erreurs. Elle me regarde en souriant :

- Tu es enceinte de combien de temps ?

- Quatre mois environ.

Elle répond par un sourire nostalgique. Puis :

- C'est toi qui peins ?

Je hausse les épaules.

- Je tue le temps.

- Elle est très modeste, réplique Jules. Faustine était une artiste en passe de se faire une notoriété internationale, avant l'épidémie.

- Oui, l'épidémie a mis fin à beaucoup de choses, admet Christine.

Elle se lève pour admirer mon travail et me complimente généreusement. Nous lui offrons trois bocaux de tomates séchées et de petits pois et la prions de revenir nous voir bientôt. Je n'offre pas de venir la visiter, la marche dans ces conditions dans mon état ne serait pas prudente. Le moindre rhume ici pourrait dégénérer sans moyen de le soigner.

Christine revient nous voir plusieurs fois par semaine, car, avec l'hiver et l'impossibilité de travailler la terre, elle s'ennuie elle aussi. Petit à petit, nous lions une relation de confiance et elle me raconte son histoire. Elle me parle d'avant, de son ancienne vie, celle qui paraît n'être qu'un rêve lointain depuis que tout a basculé. Christine a perdu son mari l'année dernière. Il était diabétique et à cause du confinement, puis de l'abandon de l'armée, les pharmacies ont été délaissées, et il n'a pas pu recevoir son insuline. Cette histoire m'a laissé un effroi particulier. Je ne sais pas si c'est à cause des hormones, mais ce récit me tiraille depuis des jours. Je ressens une profonde douleur et une injustice que je n'arrive pas à accepter. Je raconte à Christine que mon arrière-grand-mère Lucette, que j'ai eu la chance de connaître jusqu'à mes vingt ans, avait perdu son époux dans des circonstances similaires. Pendant la seconde guerre mondiale, mon arrière-grand-père Laurent, qui était tuberculeux depuis longtemps, n'a pas pu recevoir son traitement, les routes étant coupées par les barrages allemands. Ma pauvre Lucette l'a vu mourir sous ses yeux, impuissante, et sous les yeux de leur fils âgé de sept ans, mon grand-père bien-aimé. Que de victimes indirectes de la guerre, et de la nôtre aussi... Presque un siècle d'écart entre ces deux évènements historiques. Quand mon arrière-grand-mère me racontait ce douloureux épisode, il me semblait qu'elle me parlait d'une époque extrêmement lointaine, et je me disais que c'était comme dans les films, et que j'étais à l'abri d'une telle expérience. Que ma vie serait beaucoup plus linéaire et facile.

Christine se sent réconfortée par mon récit et nous passons de longues heures toutes les deux, parfois tous les trois avec Jules, à parler des gens qui nous manquent, dont nous n'avons plus de nouvelles. Nous espérons qu'ils vont bien, nous nous perdons dans des souvenirs agréables et remonter le temps ensemble nous rappelle que nous n'avons pas rêvé, que ces gens ont existé, que notre ancienne vie aussi, et on se sent mieux.

Christine raconte qu'avant le confinement elle tenait une épicerie coopérative : elle connaissait tous les producteurs locaux et soutenait l'agriculture du coin. Elle explique qu'elle n'a plus jamais croisé un seul de ces paysans dans les villages alentour, que leurs terres sont laissées à l'anarchie. Son époux, Bruno, travaillait dans une imprimerie dans une ville à presque une heure de route d'ici.

Un jour, l'envie me prend de recommencer à faire des

portraits, un genre dans lequel je m'étais fait connaître et que j'aimais particulièrement. C'est ingrat le portrait, et difficile : il faut non seulement saisir la ressemblance physique mais surtout la sensibilité et la psychologie dans le regard, la posture, ou en rendre l'expressivité par la touche ou la palette, tantôt sombre et nostalgique, tantôt éclatante selon la personnalité du modèle. Je demande à Christine de se prêter à l'exercice, et elle accepte avec joie de poser. Je réalise d'abord une esquisse au fusain pour en tirer la silhouette générale, puis m'applique à rendre la véracité de la carnation à la sanguine, la couleur rouge étant idéale pour le visage et les joues rosées. À la craie, j'applique les ombres et les zones de lumière. Christine est très heureuse du résultat. Alors elle me demande à quoi ressemblent mes parents, ma sœur Sandra, ma nièce Clara. De mémoire, je décide de reproduire leurs précieux traits. Je dessine sans relâche et cet exercice de mémorisation intérieure est très éprouvant. J'efface souvent ce que je fais et recommence, exigeante à l'excès. Celui qui me satisfait le plus est un portrait de Clara que je finalise à la peinture sur toile. J'ai réussi à rendre l'éclat, la vivacité de son regard, la malice pétillante de ses yeux d'enfant. Cette toile reste exposée dans le salon et je me sens remplie de différentes émotions à chaque fois que je la regarde. Grâce à Christine, Clara est revenue d'entre les morts, du fond de ma mémoire, alors que par confort, pour limiter ma souffrance, j'avais tiré un trait sur le souvenir des gens qui me manquent trop.

Le printemps arrive et Christine fait de plus en plus partie intégrante de notre foyer. J'ai énormément besoin d'elle, de son soutien, de son calme serein et de ses connaissances en la montagne. Elle passe beaucoup de temps au potager avec Jules, tandis que mon ventre est de plus en plus énorme et que me baisser me fatigue beaucoup. Elle est la grande sœur que je n'ai plus, qui m'accompagne dans ma grossesse. Sa bienveillance et ses conseils en font une alliée précieuse dans cette vie sans concession.

Souvent, nous partons promener toutes les deux dans la vallée. Christine a décidé de m'initier à la cueillette de certaines plantes sauvages comestibles.

- C'est très délicat, me dit-elle pour me mettre en garde. Tu n'as pas le droit de te tromper, car d'autres espèces parfois très semblables peuvent être toxiques. Si tu as le moindre doute, tu ne cueilles pas. Ne te sens jamais trop hardie. Sois toujours humble face à la nature.

C'est ainsi que nos repas s'enrichissent petit à petit d'aliments que je n'aurais jamais cru déguster un jour. Christine m'apprend à reconnaître la petite fleur pulmonaire violette. Elle a un délicieux goût de concombre. On la reconnaît à sa tige velue duveteuse et tachetée de blanc. On peut la déguster crue, en salade.

- Ce sera ton allié en cas de rhume, de mal aux bronches ou de toux, m'explique-t-elle tel un médecin qui me prescrit une ordonnance.

Comme une magicienne qui révèle ce que mes yeux ne voient pas d'eux-mêmes, elle me fait découvrir le tussilage : il ressemble au pissenlit avec sa tige aux petites écailles, et il a un goût de radis. Je dois cependant le consommer en petites quantités sinon il peut être toxique pour le foie. Christine m'explique encore que je peux manger sans crainte les pissenlits, ils sont plus concentrés en vitamine C que la laitue, tout comme les pâquerettes. Le trèfle, très facile à reconnaître, se consomme plutôt cuit. Son cousin, qui lui ressemble beaucoup, est l'oxalys des bois : pas de crainte, son goût acidulé coupe la soif, idéal lorsque l'on se balade l'été et que l'on manque d'eau. Il pousse à l'ombre dans les coins humides, en lisière de forêt.

- C'est merveilleux de se dire que l'on a tant de ressources à notre disposition, dis-je. Dire que l'on avait peur de manquer !

Elle me montre sur quels grands arbres poussent les feuilles de tilleul, pour que je puisse varier mes tisanes. Notre longue balade s'achève avec un tour des champignons comestibles, et là encore, nos belles Pyrénées sont généreuses : on trouve des bolets, des trompettes-de-la-mort, des cèpes, des morilles et des rosés-des-prés.

- Ne les cueille qu'en ma présence, me dit Christine avec une douce autorité. Tu ne dois pas prendre le risque de te tromper.

Ces formidables promenades, bucoliques et pédagogiques sont un enchantement. Je suis encore plus émue et reconnaissante envers la nature pour tous ses trésors.

- Est-ce que tu crois en Dieu ? Dis-je dans un souffle, consciente que la question est peut-être trop personnelle.

Elle soupire, baisse les yeux et murmure :

- Je ne sais plus.

- Je comprends, dis-je, avec toutes les épreuves qui nous sont imposées...

- J'ai un fils, Faustine.

Je la regarde soudain, interloquée. Mais pourquoi ne nous le présente-t-elle pas ? Est-il malade ? Je sens que le récit qui suit lui pèse et que chaque mot est un fardeau, mais elle me le livre :

- Peu avant que l'armée ne cesse de nous ravitailler, des soldats ont fait le tour des villages dans la vallée. Ils ont demandé à chaque foyer s'il y avait des enfants. Nous avons répondu oui, en toute confiance. Mais on ne savait pas que l'armée les emportait.

Je m'épouvante :

- Mais pour quoi faire ?

- Soi-disant pour les tester, savoir lesquels étaient porteurs sains ou indemnes. La maladie n'en finissait pas de se propager à cause de ces porteurs qui s'ignoraient. C'est en tout cas ce qui se disait. Sauf qu'un ami pharmacien m'a confirmé que le gouvernement n'avait aucun test à disposition.

Elle se met à sangloter et je reste pétrifiée. Dois-je lui dire ce que je sais par Victoria et Hugo ? Que les enfants sont séquestrés en quarantaine dans des blocus sans aucune hygiène et que certains n'y survivent pas ? Que le gouvernement a désigné ce bouc émissaire pour endosser la responsabilité de l'épidémie... et que pour cela il ne recule devant aucune mesure ?

Je me sens coupable de porter cet enfant en toute insouciance et honteuse d'afficher mon ventre avec une joie aussi visible. Moi, j'ai encore la chance d'avoir Jules, et nous allons fonder une famille. On ne m'a pas tout pris comme à Christine...

Je prends une profonde inspiration et devant la majestueuse vallée, j'essaie de trouver des paroles emplies de sagesse.

- Je suis certaine que Dieu te rendra ton fils, Christine. Je suis sûre qu'il va bien. Tu ne dois pas cesser d'espérer. Moi, j'espère encore revoir ma Clara.

Je ne sais, quand je prononce ces mots, si j'y crois moi-même.

Le grand jour est arrivé. Ce matin, je commence à ressentir les premières contractions. Jules est en panique et ne cesse de guetter l'arrivée de Christine. Celle-ci ne tarde pas à arriver comme tous les jours en début d'après-midi, après avoir travaillé son propre potager. Cela fait déjà plusieurs heures que je souffre sans savoir comment m'asseoir ou m'allonger pour réguler ma respiration et neutraliser la douleur. Christine prend en mains les opérations, ordonne à Jules de faire bouillir de l'eau et d'y stériliser des ciseaux. Celui-ci s'exécute, fébrile. Christine fait preuve d'un grand sang-froid et, même si elle n'est pas sage-femme, elle a elle-même déjà accouché une fois, ce qui me rassure un peu. Elle m'installe dans le lit et place des oreillers derrière mon dos. Elle me prend la main, m'indique comment respirer, à quelle fréquence et profondément. Et lorsque les contractions déchargent leur électricité dans mon dos, mes reins et tout mon corps, elle m'ordonne de pousser de toutes mes forces. Je suis de plus en plus éreintée, rouge, en sueur ; nous sommes en mai et il fait une chaleur écrasante. Je sens que mes forces diminuent. J'aperçois Jules qui entre et qui sort sans cesse de la chambre, impuissant et parfaitement inutile. Les heures passent, il entre et crie :

- Alors ?

- Rien, dit Christine, je ne vois même pas la tête. Y a quelque chose qui cloche.

À ces mots, je désespère, épuisée par ces heures d'efforts inutiles. Qu'est-ce qui se passe ? Je sens que Jules perd patience et devient de plus en plus nerveux, il s'en prend à Christine, crie des choses que je ne comprends pas.

- Y a un problème, conclue Christine, le bébé a dû se tourner dans un mauvais sens.

- Quel sens ? Y a un bon et un mauvais sens ? Crie Jules.

Je sors de ma torpeur et hurle :

- Mettez-vous d'accord et sortez-moi de ce pétrin !

Voilà que je passe mes nerfs sur Jules, le couvre d'insultes et l'accable de reproches. La fièvre et la douleur me font totalement perdre les pédales. J'exige une péridurale, appelle ma mère désespérément et me mets à pleurer à flots.

- Bon, ça suffit, il faut prendre une décision, dit Christine.

- On va lui ouvrir le ventre ? Dit Jules terrorisé.

- Non, c'est trop dangereux. Porte-la, prends-la dans tes bras.

Jules ne comprend pas et Christine lui répète cette consigne en haussant le ton.

- Vite ! Dit-elle.

Désespéré, Jules n'a pas d'autre choix que de s'en remettre à elle. Il la suit à l'extérieur de la maison en me portant dans ses bras, sans comprendre mais en hâtant le pas. Je sens que les forces m'abandonnent et commence à perdre tout sens des réalités quand soudain, le contact de l'eau glaciale réveille mes sens. Ils m'ont assise dans le cours d'eau derrière le chalet !

- Qu'est-ce qu'on fiche là ? Se désespère Jules, qui ne comprend rien.

- Fais-moi confiance, dit Christine, c'est notre seule chance. Les accouchements sont plus faciles dans l'eau. Faustine, tu m'entends ? Ressaisis-toi ma grande, allez ! C'est reparti !

Les deux me soutiennent par les épaules, nous sommes immergés dans l'eau jusqu'à la taille. Le jour commence à décliner, on y voit de moins en moins, l'eau est noire, terrifiante. L'ombre tombe autour de nous, les dernières lumières roses et jaunes éclairent faiblement notre exercice. Je pousse des hurlements d'animal et je pense aux femmes préhistoriques qui donnaient la vie probablement dans des conditions similaires, sans confort aucun et de préférence debout. Allez, ici, dans cet habitat naturel, je sais que je peux le faire ! Petit à petit je sens une progression. Jules me soutient toujours de toutes ses forces et je lui arrache des cheveux, plante mes ongles dans sa nuque, tandis que Christine m'exhorte à pousser et qu'elle attend de réceptionner l'enfant sous l'eau pour le remonter à la surface. Après encore quelques poussées terribles, le bébé émerge, vainqueur et superbe.

Nous avons appelé notre fils Noé. J'ai repensé aux paroles de Victoria, qui m'expliquait que c'est la prochaine génération qui devra tout reconstruire après le déluge. Alors, naturellement, j'ai choisi un prénom prophétique. Noé est adorable et par chance, il prend mon sein et tolère mon lait. Il ne tarde pas à prendre son rythme et trois mois après sa naissance, il fait ses nuits, pour notre plus grand plaisir.

L'été décline, quand Noé dort, j'aide Jules et Christine à ramasser les légumes du potager. L'atelier « mise en conserves » est un succès. Jules coupe du bois en prévention de l'hiver.

L'après-midi, je pars marcher longuement avec Christine, je porte Noé contre moi dans un foulard noué avec science. Christine et moi avons des discussions très intéressantes sur tout et sur rien, nous nous racontons des anecdotes de notre ancienne vie, une coupe ratée chez le coiffeur, un Noël infernal chez sa belle-famille, un pneu crevé sur l'autoroute sous une pluie battante, et tous ces épisodes nous semblent surréalistes, comme s'ils étaient arrivés à des personnages de science-fiction. Ces petits tracas nous semblent anodins et presque regrettables.

Christine s'occupe énormément de Noé. Elle aime le porter, elle lui parle à voix basse, le dorlote. Elle fait partie intégrante de notre nouvelle famille. Elle vient nous voir quotidiennement et comme cela représente une certaine trotte, elle reste parfois dormir au chalet, sur un lit de fortune dans le séjour. Elle se lève alors la nuit si Noé pleure, pour me soulager et me permettre de récupérer mon sommeil.

Je pense à mes parents qui auraient adoré leur petit Noé. La naissance de Clara leur avait donné une seconde jeunesse, ils étaient fous d'elle, comme nous tous d'ailleurs. Ce petit-fils aurait été une seconde bénédiction. Ils me manquent plus que jamais maintenant que je suis mère à mon tour. J'aimerais que la mienne m'épaule, me conseille. Souvent je parle à voix basse à Noé, je lui raconte l'histoire de sa famille, je lui parle de son papi et de sa mamie, je lui dis qu'il les rencontrera peut-être, qui sait. Je lui parle de sa tante et de sa petite-cousine Clara, comme elle est jolie et intelligente.

Quelques fois, les paroles de Jules lorsque nous nous sommes disputés à l'annonce de ma grossesse, reviennent me tirailler. Quel avenir pour mon fils ? Qu'est-ce que je peux espérer lui offrir dans ce confort de vie ? Comment l'élever sans cadre scolaire, sans société avec ses lois et ses codes, sans camarades de classe ni vie sociale ? Je fais part de mes inquiétudes à Christine et elle me répond toujours de m'adapter au jour le jour. Les temps changent, rien n'est immobile ni gravé dans le marbre, rien n'est acquis. Cette épidémie et les bouleversements qu'elle a amenés nous le rappellent. Il se peut aussi qu'un jour une nouvelle société se construise, que les survivants se rassemblent et forment quelque chose de neuf. Il se peut aussi que l'ancienne société se rétablisse, que l'électricité revienne, que le Président de la République s'adresse à nouveau à nous par la voie des ondes. D'ici là, je dois élever mon enfant dans des valeurs justes, des valeurs d'entraide, d'humilité et de respect de la nature.

Un jour, nous allons tous ensemble chez Christine car Jules doit l'aider à réparer sa toiture qui fuit. Cette balade est un enchantement. Sa maison est très jolie et confortable. Elle nous montre son potager, son poulailler, et les rues principales de la commune abandonnée. Alors que nous sommes dans le salon, Jules demande :
- C'est toi qui joues de la trompette ?
- Non, c'était mon mari.
Je vois Jules, curieux, qui s'approche de l'instrument cuivré et le porte précautionneusement. Du bout des phalanges, il appuie sur les pistons un peu rouillés et soupèse l'ensemble. J'explique :
- Jules adorait la musique. C'est très dur pour lui ce silence. On en écoutait beaucoup.
- Tu sais jouer d'un instrument ? Demande Christine.
Jules répond que non, qu'il aurait toujours voulu apprendre le piano mais qu'il n'a pas pris le temps, à son grand regret. Alors Christine lui confie la trompette de son mari et l'incite à apprendre. Elle retrouve une vieille méthode de musique poussiéreuse et la lui donne. Il ouvre le précieux ouvrage et en découvre l'écriture énigmatique faite de portées et de petits ronds noirs et blancs. Il hésite devant ces mystérieux hiéroglyphes, prétend qu'il n'arrivera jamais à apprendre à

jouer d'un instrument par lui-même.

- Mais si, assure Christine. Ce n'est pas le temps qui manque. J'adorerais entendre à nouveau résonner le timbre ! Ça mettrait de la vie et ça me rappellerait des souvenirs.

Alors, humblement, Jules accepte et range ce nouveau trésor dans sa boîte de transport. Moi, par contre, je sais lire la musique, car durant mon adolescence un peu bohème, je jouais de la guitare sèche. J'offre à Jules de l'initier au solfège, ce qu'il accepte avec enthousiasme. Il part s'atteler à la réparation de la toiture et je remercie chaleureusement Christine, car cela fait longtemps que je pense que Jules ne s'autorise pas de temps de loisir ni un peu de légèreté. J'aimerais qu'il réapprenne à profiter de son temps libre pour se stimuler, découvrir, se challenger, s'épanouir. La musique, c'est une chance inespérée.

Un midi, je prépare le repas, Noé joue gentiment dans son parc, dans le séjour. Jules lui a construit un parc très simple avec des barreaux en bois, et je dois dire que c'est bien pratique de pouvoir le laisser en toute sérénité pendant que je vaque à mes occupations. Jules rentre pour le déjeuner et m'offre une plaque d'ardoise noire qu'il a récupérée dehors aux abords du chalet :

- Je l'ai trouvée très régulière, je me suis dit que ça pourrait faire une planche pour la cuisine.

Je saisis l'ardoise, et me rappelle qu'effectivement, les restaurants à Toulouse nous servaient parfois la charcuterie et le fromage à partager sur cette même ardoise. Je passe la main dessus et remercie Jules pour son présent. Mais immédiatement, je m'assois à la table, cherche dans mon matériel de dessin toujours posté près de la fenêtre, et en sors une craie blanche. Je dessine les silhouettes des sommets de la montagne et joue sur les aplats vaporeux de la craie pour simuler la neige. Jules me félicite, un peu surpris de l'usage que j'en ai fait, et nous passons à table.

À partir de là, je mets Noé tous les après-midi dans le porte-bébé contre ma poitrine et pars ramasser des plaques d'ardoise. Il y en a énormément dans les Pyrénées, il suffit de repérer quelques « carrières » où les morceaux s'amoncellent particulièrement. J'en ramène par dizaines, c'est assez léger, de tailles différentes pourvu qu'elles soient plates et régulières. Voilà que je m'essaie à une nouvelle technique et un nouveau support et en explore les possibilités. Je réalise de plus en plus d'œuvres sur ce fond noir qui me plaît particulièrement, pour le contraste saisissant qu'il permet avec la ligne vaporeuse de la craie blanche. Un jour, Christine découvre la petite collection et me félicite chaleureusement pour mon imagination. Alors qu'elle prend la planche de la cuisine pour découper des légumes, elle constate :

- Celle-ci est très marquée par les coups de couteau, la lame incise bien, c'est une pierre très tendre.

J'enlève les pelures de courgette de sa planche et observe avec minutie les sillons tracés dans l'ardoise. Elle m'interroge du regard. Je demande :

- Christine, ton mari travaillait dans une imprimerie, n'est-ce pas ? Tu n'aurais pas un stock d'encre chez toi ?

L'hiver arrive, et nous avons du temps. Quand Noé dort et que cela nous laisse quartier libre, je sors la méthode de musique et j'enseigne le solfège à Jules. C'est une langue universelle et une fois qu'on l'a apprise, on ne l'oublie pas. Les gammes me reviennent sans la moindre difficulté, et j'y prends même du plaisir. Par contre, certains rythmes m'ont totalement échappé. Je me rappelle des rythmes les plus simples, croches, double croches et quelques autres, mais nous improvisons ou faisons l'impasse sur les plus complexes. Sans surprise, Jules est un élève très assidu et soucieux de bien faire. Il est toujours si calme et si sérieux ! C'est un élève idéal. Il apprend vite, pose des questions intelligentes, et nous récitons ensemble des rythmes en claquant du doigt ou en tapant sur la table avec un crayon. Ensuite, nous repérons sur l'introduction de la méthode le schéma des pistons de la trompette qui nous indique quelles notes ils délivrent. Vient la délicate étape d'apprendre à souffler dans l'embouchure. Je dois dire que j'ai quelques fous rires. Jules devient tout rouge, gonfle ses joues au maximum et rien ne sort, tout au mieux un bruit misérable de pet étouffé. Le pauvre ne se décourage pas malgré le peu d'encouragement de sa professeure. Jour après jour il insiste et un jour, alors que je joue avec Noé assise près de son parc, un son tonitruant s'échappe du pavillon. Jules pousse un cri de victoire et Noé ouvre grand ses yeux puis éclate de rire.

Quant à moi, Christine m'a amené un stock d'encre de l'ancienne imprimerie de son mari. Je me mets à expérimenter les secrets de la technique de la gravure, et je dois dire que ce n'est pas du gâteau. La gravure a ses propres règles et c'est un domaine de création que je n'avais pas expérimenté réellement jusqu'ici. J'avais acquis quelques bases aux Beaux-Arts, mais j'étais spécialisée dans la peinture. La gravure est à mi-chemin entre le dessin et la sculpture. Car cela demande d'enfoncer dans la pierre un burin ou un instrument incisif en métal et de tracer des lignes, en enlevant de la matière de la plaque pour laisser des sillons. Une fois ces sillons creusés, qui forment le dessin voulu, j'encre ma plaque. Je nettoie au chiffon le plat de l'ardoise non incisé, pour enlever l'encre au maximum. Ensuite, j'applique une feuille de papier sur la plaque en appuyant fort. Les sillons viennent s'imprimer sur le papier, l'encre formant sur la feuille la scène que j'ai voulu donner.
Je joue sur la linéarité très épurée du trait gravé et réduis les formes à des silhouettes très simplifiées et très modernes.
Le grand avantage de la gravure est qu'elle permet de réaliser des multiples : je peux imprimer autant de feuilles que je veux sur une même plaque, tant que je remets de

l'encre dans les sillons. Avantage, certes, mais je ne vois pas trop l'intérêt d'obtenir dix fois le même sujet sur dix feuilles différentes. J'en imprime certains en deux exemplaires pour en offrir à Christine, qui m'encourage et se dit éblouie par ma technique et ma créativité.

Les mois passent et nous trouvons de plus en plus notre équilibre. Les beaux jours sont revenus, nous recommençons à travailler le potager tous les matins et nous accordons du temps tous les après-midi à nos loisirs créatifs. Jules joue de mieux en mieux, des choses simples, mais il a identifié les notes sur son instrument et comment les obtenir. Pour le solfège, c'est allé vite, car quand il se met à fond dans une nouvelle discipline, il aime s'adonner entièrement et a besoin de constater des progrès nets et rapides. Il joue principalement dehors, à quelques mètres du chalet, et le son résonne dans la vallée, c'est très impressionnant, les notes font écho et nous enveloppent de ses vibrations.

Moi, je grave de plus en plus, et désormais, les sujets se complexifient. Je ne fais plus seulement des paysages de montagnes ou des portraits de mémoire. Je construis de véritables compositions. Par exemple, je représente des scènes de l'Ancien Testament. Je ne l'ai pas lu mais ces iconographies sont extrêmement courantes dans l'Histoire de l'art et j'ai longtemps étudié la peinture ancienne au cours de ma jeunesse. Il ne me pose donc pas de problème de produire un Déluge, L'Arche de Noé ou un Adam et Ève au Paradis. Je m'amuse, dans le cas du premier homme et de la première femme, à donner nos traits, à Jules et moi, et l'Éden est adapté au paysage montagneux pyrénéen. Je représente de nombreuses Mère à l'Enfant, Madone allaitant son fils, Vierge au petit Jésus qui joue avec un fruit ou lève la main en signe de rédemption. Bien sûr, la Sainte Mère a mes traits et Noé pose malgré lui pour le petit sauveur. J'aime nous mettre en scène. J'essaie de rendre ces personnages plus humains et accessibles que jamais, ne pas leur donner cette solennité presque terrible qui nous distancie du sacré. Je me représente un jour allaitant, nue jusqu'à la taille, mon fils qui s'endort à mon sein, dans le goût d'un tableau de Gustave Klimt que j'aime beaucoup. Je ne suis pas fidèlement les descriptions des textes sacrés bien sûr, mais les réinterprète en les personnalisant. Qui les verra de toute façon ? J'en offre toujours un ou plusieurs exemplaires à Christine, qui s'y amuse drôlement et qui m'en réclame toujours d'autres.

Noé a bientôt un an, c'est un adorable petit gars très rieur et serein. Il se tient debout quelques secondes mais ne marche pas encore. Souvent l'après-midi, quand je suis plongée dans mon activité créative, Christine se porte volontaire pour jouer avec lui. Il l'adore, ils sont très liés. Parfois je pense à son fils et des idées terribles me traversent l'esprit, que je chasse aussitôt. Je pense alors à Victoria, qui est je ne sais où, en train de mener son combat et de Résister. Je me tourne alors vers la montagne et prie pour que la vie la protège.

Un hiver a passé, puis un autre, puis encore un autre. La vie s'écoule agréablement ici même si elle est parfois difficile. Le travail de la terre est éreintant et j'ai l'impression que nous vieillissons plus vite qu'avant, même si les fruits, et l'autonomie que nous tirons de ce labeur nous apportent une satisfaction inouïe.

Jules a été très malade un hiver, il est resté alité plusieurs semaines, Christine et moi l'avons soigné progressivement avec des tisanes et des solutions naturelles. Cela a été une épreuve, j'étais terrifiée à l'idée de le perdre. J'imagine que cela a rappelé de très mauvais souvenirs à Christine, cependant elle m'a énormément soutenue. Une autre fois alors que nous étions sortis faire une longue promenade, un ours brun a saccagé notre réserve. Nous avons eu très peur car, si nous avions été là, peut-être qu'il s'en serait pris à Noé, et Jules n'a pas d'arme à feu.

Certaines nuits, des orages impressionnants éclatent. Les éclairs zèbrent le ciel par la fenêtre et éclairent toute la chambre. Noé se couche entre nous dans notre lit, pleure, Jules lui parle à voix basse pour le rassurer et passe sa large main sur son dos. Moi j'ai encore plus peur que mon fils et je me serre contre son petit corps. On dirait que la maison va se déraciner comme un vieil arbre centenaire, que le toit va s'envoler. La pluie bat si fort les fenêtres qu'elle semble des gifles, des seaux d'eau entiers jetés à notre nez. Je ferme les yeux de toutes mes forces comme si je risquais de me noyer dans le lit, et des images tanguent dans mon imagination, je visualise les immenses tableaux de tempêtes en mer d'Horace Vernet. Selon la légende, le peintre se serait attaché au mât d'un bateau pour pouvoir représenter au mieux la violence de la tempête. Moi, je ne me sens pas la moindre capacité d'attraper un crayon pour témoigner de notre naufrage. Le lendemain, on constate irrémédiablement les dégâts : les tuiles arrachées, le sol inondé. Et il faut tout réparer, à chaque fois. Noé court avec ses petits pieds nus dans l'eau en riant, et je lui cours après, effrayée qu'il puisse attraper froid.

Jules progresse énormément à la trompette, il joue désormais de manière fluide. Le plaisir qu'il prend est réel et communicatif. J'adore entendre résonner ces notes loin dans la vallée. Un jour, un homme se présente à nous, craintif, il décline son identité et nous assure ne pas colporter de maladie. Noé se cache derrière mes jambes : à trois ans passés, il n'a jamais vu d'inconnu, il ne connaît que ses parents et sa marraine Christine. L'homme nous dit qu'il a entendu de la musique résonner à plusieurs bornes de distance, alors qu'il cherchait des champignons, et qu'il a cru à une farce de son esprit, un mirage dans le désert. Nous prenons le thé ensemble, lui offrons une de mes gravures (il choisit un poème de Lamartine illustré représentant un paysage de montagnes, avec des vers reproduits en marge). Il emporte un bocal de tomates séchées et promet de revenir avec du lait, car il a une vache. Il tient sa promesse, et pour la première fois, mon fils boit un verre de lait. Jules et moi le savourons précieusement et avec reconnaissance. Noé s'amuse à se faire une moustache blanche et réclame encore du précieux nectar.

La musique nous offre d'autres rencontres. Petit à petit, des individus nous rejoignent jusqu'au chalet, timidement, s'excusant presque, ou effrayés à l'idée qu'on les chasse ou les tue de peur d'être contaminés. Mais nous sommes toujours fous de joie de retrouver d'autres survivants. Les semaines et les mois passent et le bruit se répand que quelque part dans le creux de la vallée, un homme joue de la trompette. Cette anecdote pour le moins insolite s'alimente d'un fait encore plus étonnant : sa femme est artiste, elle grave avec talent des plaques d'ardoise.

Il se diffuse, au fil des mois, la rumeur de l'existence de la femme artiste de la vallée. La poignée de survivants, sur des kilomètres alentour, se rencontre, échange, troque, philosophe sur un possible retour à la société d'avant ou non. Et on se montre les gravures de la femme artiste, qui signe toujours en bas à droite de ses initiales dans une petite étoile. Les gens viennent parfois sur des dizaines de kilomètres pour nous rencontrer et pour échanger mes gravures contre des produits divers : paniers de fruits, du beurre miraculeux, du pain, des outils, des graines à semer et même une poule ! Un système de troc se met progressivement en place grâce au bouche-à-oreille et à la diffusion inespérée de mes œuvres. C'est ainsi que je me réconcilie avec l'art, et il n'y a pas un jour qui passe sans que je remercie intérieurement Victoria. L'art pour moi, la musique pour Jules, est le lien qui nous maintient avec le monde extérieur, avec les hommes, avec une culture, avec un retour possible à la vie en communauté. Cette nouvelle organisation est timide, balbutiante. On prie pour que personne ne réintroduise le vicieux système de la monnaie. Pour que l'argent ne revienne pas rebattre les cartes et imposer ses règles.

Un matin alors que Jules et moi travaillons au potager et que Noé joue tout près de nous, Jules se redresse et met sa main en visière. Il regarde en direction du vallon est, et me dit :
- Il y a des gens qui s'approchent.
Je me redresse à mon tour, m'appuie sur ma pioche et regarde vers le point qu'il m'indique. Désormais nous n'avons plus peur de voir des inconnus débarquer, la vie et la circulation des hommes ont repris son cours peu à peu. Mais là, il semble que c'est une poignée... d'enfants. Jules et moi nous interrogeons du regard. Des tas d'idées se bousculent dans ma tête : d'où viennent-ils ? L'armée a-t-elle relâché tous ses petits prisonniers ? Se sont-ils échappés ? Sont-ils malades et potentiellement contagieux ? Comment devons-nous les accueillir ? Il n'est pas question que l'on repousse des enfants, surtout s'ils sont dans le besoin. Je demande à Jules de porter Noé dans ses bras et de rester là, et vais à la rencontre du groupe de jeunes voyageurs. Ils sont cinq, de ce que je peux apercevoir à cette distance, et doivent avoir approximativement entre huit et seize ans. Je m'avance de plus en plus vite vers eux. Nous nous rencontrons enfin, chacun se dévisage. Je m'efforce de sourire pour les mettre en confiance :
- Soyez les bienvenus les enfants, vous devez être très fatigués. D'où venez-vous ?
Leurs mines sont sales, épuisées. Il y a quatre beaux garçons et une fille. Cette fille... je bloque sur son visage, le détaille, hypnotisée. Son regard est craintif et plein d'espoir à la fois. Elle hésite, puis explose :

- C'est moi, Tata ! C'est Clara !

Je ne réagis pas, reste choquée, Clara n'ose pas bouger, n'ose pas répéter, comme si mon absence de réaction lui mettait le doute. Je tombe à genoux lentement, toujours incapable de parler. Puis je me mets à sangloter puis pleurer de plus en plus fort, la décharge d'informations est trop violente, un pan entier de mon ancienne vie se déverse dans ma mémoire, tout ce que j'ai mis tant de temps à enfouir pour cesser de souffrir : ma famille, mes parents, ma sœur, ma nièce... Clara hésite toujours, ses compagnons de route se dévisagent, ils se disent que peut-être ils dérangent, peut-être cette visite n'est pas la bienvenue... je me ressaisis, lève la tête vers elle et l'invite à venir dans mes bras :
- Ma chérie... !
Elle s'y jette, nous nous serrons très fort, je reconnais son odeur, je me relève, je caresse ses petites joues et en essuie les larmes de joie, redécouvre ses beaux yeux, son visage gracieux... elle a douze ans aujourd'hui, bientôt treize. Se peut-il que l'on se soit quittés il y a tant de temps déjà...

Les heures qui suivent sont bénies. Pendant que Jules sert des boissons aux garçons épuisés, les invite à s'installer, quitter leurs chaussures, à parler s'ils en ont envie, Clara et moi restons dehors dans le jardin. Clara joue avec son cousin, répète qu'il est magnifique. Elle l'apprivoise de regards charmeurs et de sourires complices, Noé qui n'a jamais vu d'autre enfant se méfie un peu au début puis est rapidement fasciné par cette jeune fille, il ne la quitte pas des yeux pendant que nous parlons. Il se cache un peu derrière moi puis se rapproche de plus en plus d'elle, jusqu'à finalement s'asseoir sur ses genoux et réclamer des câlins. J'explique à Noé que c'est sa cousine, il ne comprend pas ce que cela signifie mais il comprend que c'est important, que c'est précieux. Il me demande plusieurs fois pourquoi je pleure, je réponds « c'est le bonheur ».

- Tu es si jolie Clara, tu es une jeune fille maintenant. La dernière fois que je t'ai vue tu avais huit ans.

Elle acquiesce. Mais quelque chose a disparu de son regard, cette malice, cette insouciance. Je sens que la vie l'a fait mûrir trop vite et je ne veux pas la presser de parler, je ne veux pas la brusquer, au fond j'ai peur aussi de ce qu'elle va me dire. Je brûle de l'interroger sur ses parents, sur les miens, mais je redoute ce qu'elle pourrait m'apprendre. Je sens d'ailleurs que c'est difficile, que les mots ne viennent pas facilement.

- Je suis désolée Tata, finit-elle par articuler.

Elle garde la tête baissée et je vois une petite larme rouler sur son nez. Je la sens honteuse, je ne comprends pas pourquoi, j'ai envie de la rassurer, lui dire qu'elle n'aura plus jamais peur, qu'elle ne sera plus jamais seule, que personne ne lui fera de mal.

- De quoi es-tu désolée ma chérie, voyons…

Je range une mèche de cheveux derrière son oreille et l'incite à poursuivre d'un sourire rassurant.

- Papi et mamie sont morts, c'est ma faute...

Sa déclaration est un choc, même si je m'y attendais. Alors cette fois c'est sûr, mes parents n'ont pas traversé cette épreuve, Noé ne connaîtra jamais ses grands-parents. Je déglutis pour accuser la nouvelle et garder la face devant Clara, je lui demande pourquoi serait-ce de sa faute.

- J'étais sûrement porteuse Tata, c'est ce qu'ils disaient à l'armée, que tout était notre faute, qu'on allait tuer tout le monde.

Je l'arrête immédiatement et la saisis par l'épaule :

- Oublie tout ça ma chérie, Papi et Mamie ont pu l'attraper en allant faire leurs courses, Mamie était maîtresse d'école elle gardait des enfants... On ne saura jamais, alors tu dois absolument enlever ces idées horribles de ta tête. Tu n'y es pour rien.

Elle acquiesce, mais je sens qu'on lui a implanté cette certitude et qu'on l'a nourrie de culpabilité pendant longtemps, et que la souffrance est profonde, que la guérison et l'acceptation prendront du temps.

- Un jour l'armée a frappé chez nous, poursuit Clara. Ils ont demandé à papa et maman s'ils avaient un enfant, ils ont dit oui. Les soldats ont répondu que je devais les suivre pour être testée. Maman a voulu venir aussi, ils ont dit non, qu'ils me ramèneraient quand ce serait fini.

Je retrouve le même discours que celui de Christine quand son fils lui a été enlevé. Ma pauvre sœur, j'imagine les jours d'attente sans voir revenir sa fille. Clara me raconte que l'armée l'a enfermée dans une caserne avec d'autres enfants, de tous les âges, certains n'avaient pas un an, elle a dû s'en occuper, les rassurer, les bercer. Ils ont attendu longtemps de savoir ce qui allait leur arriver. Ils demandaient quand est-ce qu'ils reverraient leurs parents, mais on ne leur répondait pas. On leur expliquait qu'ils étaient en quarantaine et qu'ils devaient attendre la fin de l'épidémie pour ressortir. Ils avaient une petite portion à boire et à manger et rien d'autre, pas le droit de sortir, pas de jouets, rien.

- Je suis restée enfermée plus d'un an, dit Clara. Ensuite, sans rien nous dire, on nous a séparés, et avec d'autres enfants, j'ai été déplacée dans un camp beaucoup plus grand. Nous avons roulé pendant des heures, et finalement j'ai été internée vers Montpellier.

- Mais comment tu t'en es sortie ? Dis-je, terrifiée de ces aveux.

- Une nuit, on a entendu des tirs, des cris, c'était horrible, on ne savait pas ce qu'il se passait. Des gens nous criaient de sortir, d'évacuer, de nous enfuir, de courir le plus vite et le plus loin possible. Alors j'ai compris que j'étais libre, qu'on nous avait fait sortir d'ici.

Mon cœur se serre en pensant à Hugo et Victoria. C'est probablement leur cellule de Résistance qui a libéré ma nièce, je leur dois tout.

Je vois Clara fouiller dans son sac à dos et elle en sort, sous mes yeux effarés, une de mes gravures. Une Madone à l'Enfant. Elle me sourit :

- Tu es toujours aussi forte Tata.

- Où as-tu eu ça ? Dis-je, soufflée.

- C'est Victoria qui me l'a donnée, dit Clara.

À ce nom mon cœur s'emballe.

- On a été libérés par un groupe de gens très courageux, ensuite ils nous ont soignés, nourris. On était cachés dans des bosquets, dans la campagne de Montpellier. Un jour j'ai entendu une femme, l'un des chefs du groupe, parler à son compagnon, elle lui montrait cette gravure, elle parlait d'une certaine Faustine, qui avait tellement de talent. Elle disait qu'elle était sûre que tu y arriverais, que tu te remettrais à créer, que tu saurais te réinventer dans tes nouvelles conditions de vie, et que tu ferais quelque chose d'extraordinaire. Elle disait que c'était ta signature dans la petite étoile, que c'était votre signe de reconnaissance. Alors timidement je me suis approchée, j'ai demandé à voir la gravure. Et j'ai reconnu ton visage dans la Madone.

Je mets une main devant ma bouche, choquée, et ne peux à nouveau pas retenir mes larmes, je m'en excuse auprès de Clara, je ne veux pas l'effrayer, mais je suis tellement émue. Noé commence à pleurer parce que sa Maman a l'air triste, alors je le rassure, lui dis que c'est merveilleux.

Victoria a pris soin de ma nièce pendant plusieurs mois, elle a enseigné à son groupe des notions d'histoire, de sagesse, d'écologie, de citoyenneté. Elle les a guéris, nourris, soignés. Elle a raconté à Clara que j'avais certainement un petit-cousin et qu'il ressemblait sans doute au petit Jésus représenté dans mes bras. Elle a aussi raconté à Clara notre semaine ensemble dans les Pyrénées, et a donné toutes les informations utiles à ma nièce sur l'endroit où nous habitions.

- Elle a promis que dès que leur prochaine mission serait finie, on viendrait ensemble jusqu'ici, dit Clara. Seulement...
Elle baisse à nouveau le regard, se balance doucement d'avant en arrière pour bercer Noé, et elle lève encore ce regard de désolation vers moi :
- Victoria et Hugo se sont faits tuer quelques mois plus tard lors d'une intervention de sauvetage d'une caserne, je suis désolée Tata, je sais à quel point elle comptait pour toi.

Trois années ont passé depuis le retour de Clara. Elle et son petit groupe de compagnons avaient initié un immense périple, très périlleux, pour rejoindre notre village des Pyrénées. Victoria leur avait décrit cet endroit comme une nouvelle possibilité, en parfaite sécurité, lovée au creux de la montagne. Les enfants ont dû marcher des semaines dans des conditions très difficiles, se cacher lorsqu'un véhicule de l'armée croisait leur route.

La vie en communauté ne cesse de se développer depuis. Les gens se regroupent dans les mêmes villages pour réduire la distance entre les survivants et faciliter les échanges, l'entraide. Les terres sont à nouveau labourées, fertilisée, et produisent de quoi vivre. Un esprit de village est revenu : nous fêtons les anniversaires, les Noël, les mariages même. Jules joue de la trompette à toutes les occasions. Nous vivons du système du troc et tout fonctionne bien. Christine est la maîtresse d'école : elle a une grande responsabilité, elle doit éduquer les enfants de tous âges, leur enseigner comment reconstruire une société sur de bonnes bases. Depuis qu'elle fait ça, elle est transformée. Elle a retrouvé un sens à sa vie. Je vois bien que le retour de Clara lui a redonné l'espoir de retrouver un jour son fils. Tout est possible. Seulement, les routes sont toujours impraticables, des arbres sont tombés dessus, nous sommes très enclavés. Et personne n'a, à ce jour, pu se procurer d'essence. On en aura peut-être un jour à nouveau, peut-être pas. Comment est la situation dans les grandes villes ? Nous n'en savons rien. Mais il est probable que tôt ou tard quelqu'un vienne jusqu'à nous nous révéler comment ça se passe, dans le reste du monde.

Un jour, je cueille des plantes comestibles avec mon Noé, qui a sept ans maintenant. Alors il me demande :
- Maman, c'est quoi, Dieu ?
Je réfléchis, une main sur la taille. Puis je montre la vallée, que nous dominons de notre point de vue :
- Il est partout. C'est la Nature, c'est le soleil. Il veille sur nous mais il peut aussi abattre sa colère si on ne le respecte pas, si on détruit l'équilibre qu'il a créé.
Noé regarde l'immensité des vallons, la beauté des sommets enneigés.
- Et l'espoir, c'est quoi Maman ?
- L'espoir, c'est garder la foi, c'est ne jamais arrêter de croire que la maman et le papa de Clara reviendront peut-être. L'espoir, c'est Christine qui attend son fils, et qui attendra toujours, tant que le jour se lèvera.